南派三叔 著

沙海

DESERT ONE

第一卷

广东旅游出版社
GUANGDONG TRAVEL & TOURISM PRESS
悦读书·悦旅行·悦享人生

中国·广州

图书在版编目(CIP)数据

沙海.1/南派三叔著. — 广州:广东旅游出版社,2022.3(2025.4重印)
ISBN 978-7-5570-2630-1

Ⅰ.①沙... Ⅱ.①南... Ⅲ.①长篇小说－中国－当代 Ⅳ.①I247.5

中国版本图书馆CIP数据核字(2021)第228532号

沙海.1
SHA HAI.1
出版人:刘志松

责任编辑:梅哲坤

责任校对:李瑞苑

责任技编:冼志良

广东旅游出版社出版发行

地址:广州市荔湾区沙面北街71号首、二层

邮编:510130

电话:020-87347732(总编室) 020-87348887(销售热线)

投稿邮箱:2026542779@qq.com

印刷:天津睿和印艺科技有限公司

(地址:天津市武清区大碱厂镇国泰道8号)

开本:710毫米×1000毫米 1/16

字数:210千字

印张:17

版次:2022年3月第1版

印次:2025年4月第9次印刷

定价:50.00元

沙海

目录
CONTENTS

DESERT

引子（一）　　　　　　　　　　　　001

引子（二）　　　　　　　　　　　　005

第一章　受伤少年　　　　　　　　　009

第二章　伤疤　　　　　　　　　　　014

第三章　七根手指　　　　　　　　　018

第四章　王盟　　　　　　　　　　　023

第五章　十万　　　　　　　　　　　028

第六章　吴老板　　　　　　　　　　033

第七章　背上的秘密　　　　　　　　039

第八章　诚意　　　　　　　　　　　043

第九章　吴邪的故事（一）　　　　　046

第十章　吴邪的故事（二）　　　　　051

第十一章　吴邪的故事（三）　　　　055

第十二章　吴邪的故事（四）　　　　059

沙海 1

DESERT ONE

DESERT

第十三章　合作　　　　　　　　　　　　　　063

第十四章　启程　　　　　　　　　　　　　　069

第十五章　巴丹吉林　　　　　　　　　　　　074

第十六章　吴邪的计划　　　　　　　　　　　079

第十七章　相机家　　　　　　　　　　　　　084

第十八章　另一个吴邪　　　　　　　　　　　092

第十九章　沙丘魅影　　　　　　　　　　　　097

第二十章　不能碰的东西　　　　　　　　　　102

第二十一章　黎簇的记忆　　　　　　　　　　105

第二十二章　两个假设与三种可能　　　　　　109

第二十三章　夜潜　　　　　　　　　　　　　114

第二十四章　移动的海子　　　　　　　　　　118

第二十五章　荒漠干尸　　　　　　　　　　　121

第二十六章　古潼京056　　　　　　　　　　127

2

第二十七章 集体死亡的真相 ……132

第二十八章 被车围住的海子 ……135

第二十九章 猜想 ……138

第三十章 困境的整理 ……142

第三十一章 突袭 ……147

第三十二章 夜半歌声 ……151

第三十三章 车上的活口 ……154

第三十四章 奇怪的老头 ……159

第三十五章 往事 ……165

第三十六章 保护者 ……170

第三十七章 钓沙鱼 ……175

第三十八章 七头蛇 ……182

第三十九章 获救 ……188

第四十章 唯一的号码 ……192

第四十一章　无人在意的传奇　　　　196

第四十二章　手机与包裹　　　　　　199

第四十三章　快递物件　　　　　　　203

第四十四章　与老爹有关　　　　　　206

第四十五章　寄来的尸体　　　　　　211

第四十六章　诈尸　　　　　　　　　216

第四十七章　又见梁湾　　　　　　　221

第四十八章　解雨臣　　　　　　　　225

第四十九章　浙南小镇　　　　　　　232

第五十章　　院墙上的脸　　　　　　237

第五十一章　诡异农宅　　　　　　　242

第五十二章　两个梁湾　　　　　　　246

第五十三章　解雨臣的局　　　　　　250

第五十四章　宿命　　　　　　　　　256

第五十五章　碎尸　　　　　　　　　261

引子（一）

　　我和关根认识是在厦门一次海峡两岸茶话会上，茶话会的内容我已经完全忘记了，只记得是一个关于翡翠的论坛，内容非常无聊。我并不是一个很虔诚的翡翠玩家，收集这种东西只是单纯的临时起意，所以茶歇的时候我就溜了出去。当时和我一起偷溜出去的人不在少数，其中一个就是他。

　　我们两个在外面的休息厅里闲聊，才发现双方都是写作者，只不过我现在已经改行做了出版商，而他还在继续煎熬。

　　那一次聊得十分投契，大概是因为我们有太多相同的东西：相同的并不是阳光的童年；相同的是一些无奈的遭遇……所谓"两个有相同幸福的人不如两个有相同苦难的人"能产生共鸣，我们很快就开始交心。

　　当然，我也不能否认，另外一个原因是关根十分有亲和力，那种举手投足间的从容和淡定很难不让人产生好感。可惜我不再是小女生了，这种

魅力虽让我舒畅，却无法让我更进一步地喜欢他。

那一次分别之后，我们成了好朋友。后来他去了台湾，几乎每隔两个月就会从台湾寄钓钟烧给我，乐此不疲。并且他要求我以同样的频率给他寄杭州的绿豆饼。我们每次都尽量换不同的牌子，然后交流心得。

这样的关系一直保持了一年，特别让我感动。现在这个社会，很少有人能够如此执着地做一件事情，而且持续了这么长时间。我以为我们的这种交往可以一直维持下去，可是，就在那年年末，他的包裹破天荒地停了。

这让我有点意外，我甚至一度怀疑是联系电话或名字写错了，导致EMS的快递员无法投送包裹，于是那个月我不知道跑了多少趟邮局，可都是失望而回。我想问他出了什么事情，却发现无论是网络还是电话，我都找不到他。

我原本以为他在躲避喧嚣都市生活以及工作压力，这一招是现代白领通用的招数，但是一连两个月，还是没有任何消息。一段时间后，我才从一个台湾朋友那里听说，他在当年的四月份就已经辞去了台湾的所有工作，有人看到他从家里出发，再也没有回来。当时他提前支付了好几个月的房租，他朋友进入他家的时候，他的电脑已经开了七八个月，然而，里面什么资料软件都没有，警方查证，那台电脑和新买的时候几乎没有任何区别。不仅是电脑，里面的所有物品，都几乎没有被使用过。

也就是说，别人以为他住在这里，在这里生活，其实他根本就没有在这里生活过。

那么，他为何要花那么多钱租一间自己完全不会住的房子呢？他在台湾的这段时间，到底又住在什么地方呢？

没有人知道。

如今，他去了哪儿更是没有丝毫线索，他就这样消失了。

我不知道他到底发生了什么事情，既担心又感觉毫无办法。以我和他之间的关系，我似乎也没有更多的事情可以做，只能一边注意着新闻一边默默为他祈祷。之后我还在圈内打听过他的消息，得知关根只是他的笔名，他真实的名字竟然无人知晓。

一个看似简单的人，消失之后，竟然连一点线索也没有留下，这真的很让我吃惊。

不过，很快这件事情就被我忘却了。因为就算再离奇，这个人和我的生活本身，关系也不大。

原以为事情可能就这样结束了，没有想到，半年之后，我忽然收到了他的一个大包裹。包裹是在几天前发出的，里面是六大盒钓钟烧和一摞厚厚的笔记。

我欣喜若狂，立即给他打了电话，却发现电话号码已经注销。

我很奇怪，拿起稿纸。这个时候，从纸张的缝隙中，竟然落下了细细的沙粒。

这是我第一次见到《沙海》。

笔记里记录了一个关于沙漠的故事，很难定义它到底属于什么类型，我就在那个包裹边上，一边吃着钓钟烧一边将它看完。看完之后，我已经认定，这将会是一个杰出的旅行故事，因为当我从小说中走出来的时候，竟然感觉到无比干渴，似乎连鼻孔中都还带着沙漠的味道。

我很想问他，是否这本关于沙漠的笔记真是在沙漠中记录的，难道他真的去了他笔下那个诡秘的沙漠禁区？可是我注定不会得到答案了。

那么，这些沙粒是从哪里而来呢？难道是从那些文字间、从他笔记中那个黄沙肆虐的世界上滴落出来的？我好像只能这么认为。

这是这个叫关根的男人最后一次出现在这个世界上，以后，无论是在我的身边，还是在整个圈子里，都没有再次出现过这个名字。

引 子（一）

九年前的某一个晚上，北京大学第一附属医院的住院部六楼，实习医生梁湾正在例行查房。

其实她已经完成这一时间的查房工作了，之所以还拿着查房记录晃来晃去，是因为这一层有一个特殊的病人。

这个病人姓张，在这个病人刚刚入院的时候，她就注意到了这个病人。因为这个人所有的药物和治疗几乎都是由专人负责的，平日里也有人来照顾，但是照顾他的人，气质上差别很大，而且神神秘秘的。

一般的病人家属，无非几种情况，不是因为病情太重情绪过于压抑，就是极度乐观，努力不去思考以后的事情，但是无论哪一种，其关注的核心点还是病人的病情。

这个姓张的病人疑似脑损伤导致记忆障碍，而从这些看望他的人身上，也都能看出旧伤。但是她发现这些人包括这个病人在内，对于病情

本身十分淡定，不管怎样和他们商议，他们都是一副谨慎保守的姿态。

梁湾帮张姓的病人做例行检查的时候，能够接触到他的手臂。他身上的肌肉虽然不是非常夸张，但是其纤维的密集程度已经到了无法理解的地步。

即使是运动员身上的肌肉也不太可能有这么高的纤维密度，这是一个看似正常却无比强壮的人，这种肌肉不是一般的训练可以练出来的。她的导师告诉她，这几乎可以被称为意志型的肌肉，是要经过身体和意识长期高度统一的运动才能形成的。

他是一个身体机能和专注力都相当超群的人，即使是在熟睡之中，只要有人靠近，他都会立即醒来，并且即刻恢复清醒。

最让她觉得奇怪的是，这个人有两根手指奇长无比，如果不是从小故意定型，绝对不可能有这样的状况出现。

这个病人沉默寡言，眼神因为记忆障碍而显得迷离无助。梁湾在好奇之余，对这个病人，似乎多了某种奇怪的感情，她每天查房之后，总喜欢到这个病人的房间里，最后看他一眼。

这一天也是如此，照顾这个病人的胖子并没有在，病人躺着，不知道有没有睡着，她走进病房，条件反射地看了看病人的名牌，然后走上前去，想检查病人的瞳孔。

这个时候，她听到这位张姓病人忽然说了一句话。

这个张姓病人有一种奇特的睡眠习惯，不像普通人长时间地睡眠，他的睡眠是零散的，往往在别人不经意的时候，他已经睡着了。这种睡眠能够让其在精神高度集中的间隙最大限度地休息，但是也特别伤害人的大脑。所以在他住院后，医生对这个人使用了镇静剂。

后来医生发现镇静剂对于这个人的效果也不是特别好，又使用了一种混合药剂，效果才逐渐显现，这是对于这个病人主要的治疗方法。

在这个方法进行之后，病人开始有了长时间的睡眠，并且，开始梦呓，医生认为这是记忆开始恢复的表现。

但是他的梦呓一般都是毫无意义的、模糊的，甚至大部分不可解读。

只有这一句话，实习医生梁湾听得非常清楚。

这一句话初听起来十分奇怪，她琢磨了一下，低下头，这个时候，这个病人又重复了一句。同样十分清晰。

梁湾当时没有在意，但是因为这句话本身很奇怪，所以她立即记住了，然后离开了病房。

九年前的一个夜晚，悄无声息地发生的这件事情，谁也不知道这句话的缺失，为解开笼罩整个事件的谜团增加了多少困难和迷雾。一个核心秘密的关键信息，就这么和当年所有相关的人错过了。

人的成长往往发生在不经意的时候，我并不愿意变成现在这样，但是，有些时候自己的决定还是会让自己大吃一惊。我不以最深的城府去面对我所应该面对的一切，而他们却以最深的城府揣测我的一切。变化的不是自己，而是旁人的眼光。

——吴邪

第一章

●

受伤少年

"十王走马势。"苏万把黑子落下，得意地看着黎簇，"如何，有气势吧？"

晚自习的课堂上，参考书被放到了地上，课桌上摆着小一号的围棋棋盘，棋盘上的黑子已经占了绝对优势，再用不了几步，这棋就不用下下去了。

棋盘的一边，黎簇歪着头，看了看窗外的走廊，走廊里班主任还在和他老爸聊天。他有些心不在焉，捏了捏眉心的部分，随便在棋盘上动了一步。

"你有点职业道德，好好下行不行？你动的是我的子。"苏万把他的脸扳过来。

"哦，是吗？不好意思。"黎簇收回心神，但是已经找不到自己刚才挪的是哪一颗子了。

"你再看也没用，我告诉你，你出的那事儿，包你脱层皮。你现在这么害怕，早干吗去了？"苏万一边把黑子摆回去，一边数落。

黎簇看到他的父亲说着说着，就往他这里看了一眼，他立即把头缩了回来，不祥的预感更加地强烈。

"到底下不下？"苏万不耐烦了。

黎簇叹了口气，摇头："你找其他人，我看我得溜了。"

"喂，现在溜了不是更糟糕。"苏万道。

"你不懂我老爹，你看咱们老大，"他指了指班主任，那是一个身材很好的年轻女性，一看就是大学刚毕业进中学来做老师的，"如花似玉，我老爹在这种女人面前肯定把持不住，为了维护自己的男性魅力，肯定当众暴抽我。"

"那你溜了也不是办法啊。"

"我老爹五十岁了，阳气不够，他的怒火没法持续太长时间。我等他火消了，弄点小酒，他也就无所谓了。"黎簇背上书包，"你身上有多少钱？都先给我，算你利息。"

"算了，算兄弟支援你的。"苏万掏出几张红票，他家里比较有钱，倒是不太在乎这些。据说苏万的卡上有一万多块钱可以用，黎簇从出生到现在，从来没有见过实实在在的那么多钱。就算几百块钱，对黎簇来说也是个很夸张的数目。

即使知道苏万有钱，黎簇还是有些感动。他看了看走廊上，似乎老爹和班主任谈得也差不多了，他和苏万对了对拳头，便矮身从后门溜了出去。

出了后门一拐就是楼梯，他以迅雷不及掩耳的速度，绕了过去。

教室在二楼，下了楼梯就是自行车棚，他用奔跑的速度，快速骑上自行车，向校门骑去，后脑勺儿离开车棚的一刹那，他仿佛听到楼上传来了他老爹的怒吼。

大马路的路灯下，黎簇一边骑一边笑，不是开心自己逃过了一劫，而是想到班主任看到自己老爹那个样子，会是什么表情。

一定没有下次了。

他心里知道，他父亲发火的样子太可怕了，以往的班主任看到过一次之后，再也不敢把家长叫过来了，以后他在学校里，无论做什么事情都安全了。

今天早上，他去踢球的时候，借了十几个球，故意把球踢到了住校女生的宿舍楼里，一共踢了十几次，把女生晾在外面的衣服全部踢到了地上，气得生活老师带着一群女生把他五花大绑送到他班主任那里。

班主任来报到才一个月，自然要杀鸡给猴看，接下来的事情，也在他的意料之中。

其实他并不是一个顽劣的人，所以做起坏事来压力就格外大。不过，为了以后能少点麻烦，这种事情还是得照例来一遍。

他忽然想起了早上张薇薇在寝室里朝他生气时穿着白色的背心、两条纤细洁白的胳膊挥动着的样子，心中叹气，反正他和她永远也不可能，让她讨厌也没有什么关系。

黎簇的父母半年前离婚了，他并没有其他孩子的那种纠结，对于一个每天都吵架、每天都有东西被砸、父母完全暴露出自己最丑恶一面的家庭来说，这种分手简直有如大刑的解脱。以前黎簇也幻想过他父母还有复合的可能，但是后来他自己都厌烦了，只想着快点结束。

父母离婚的原因，他完全不了解。父亲酗酒，脾气不好，母亲又整天不回家，两个人都脱不开责任，他也无所谓。离婚之后，他被判给了当公务员的父亲，母亲就去了另外一个城市。父亲平时经常有应酬，基本上顾不上他，他反而觉得生活比以前更加美好。

是什么让他觉得自己一个人过下去也挺好的？

也许是因为张薇薇吧，当他第一次看到这个女孩的时候，就知道她和自己应该是同一类人。据说她也是单亲家庭的孩子，可惜他们不是一个班的，交集太少了，即使是做早操，还隔着好几排呢。

此时此刻，他也不知道自己应该到哪里去，不过自己手里有五百块钱呢，可以去的地方很多，也许先去网吧吧。他想着，晚上即使没地方睡，也可以在沙发上窝着。

正想着，他忽然听到了一声大喝："停车！"

他还没反应过来，就感觉到背后一阵风，一个人从他背后拽住了他的领子，一下就把他扯下了车，自行车失去控制，冲到了路边的灌木丛里，他则被摔了个大马趴。

"老爹？"这是他第一个念头，心说什么情况，老爹追上来了，难道老爹其实是闪电侠吗？他和老娘吵架离婚是为了不暴露身份？

还没等黎簇想明白，他整个人就被提了起来，往路边的小巷里拖去。这时候他才意识到不对劲，拼命挣扎。黎簇平时踢球，但是并不是那种体力非常好的人，那人力气极大，无论他怎么挣扎都没有用，很快他被拖进了巷子的深处。

巷子里面漆黑一片，只有一盏白炽灯泡的路灯。他被摔到墙角，立即大叫："我有五百块，都给你，不要劫色！"

"别动！"黑暗中传来一个男人的声音。

黎簇抬头去看，背光下看不清楚那男人的脸，但是他清楚地看到那男人满头满身都是血，几乎和他同时倒地，但是手还是死死地揪着他的衣领。

黎簇看到这情景，竟然出奇镇定，他老爹喝酒喝多了经常摔个头破血流回家，此时他脑子里竟然是一股厌恶，拼命地想把揪着他衣领的手拉开。可是，那手犹如铁钳一般，怎么掰都掰不开，那男人被弄急了，一个巴掌打了过来，直接把黎簇抽得脑子嗡嗡响。

是抢劫！

黎簇经常听到学校附近有人抢劫，但是因为他平时穿得破破烂烂的，而且也都是和苏万他们的足球队一起走，所以没有遇到过这种事情，没想到才落单就遇到了。

想到身上有苏万的五百块钱，他就很不甘心，平时没钱的时候不来抢，现在刚有钱没几个小时就来抢了。这是什么样的情报敏感度，这些抢劫犯都是中央情报局的线人吗？

想到这里，他大吼一声，盯着男人抽过来的巴掌，一口咬住了男人的手。男人显然吃痛，惨叫一声，一下松了手。

"好机会。"黎簇暗骂，立即爬起来想跑，几乎是瞬间，他就看到那男人拿起地上的一块板砖，一下拍到了他的头上。他眼前一黑，还没来得及感觉到脑袋上的剧痛就歪倒在一边。没等他站起来，对方又是一砖，这一下直接将他砸蒙了。

黎簇倒在地上，没有任何感觉，不知道发生了什么事情，沉沉地睡去，恍惚间，似乎有一些痛楚，但是又好像不是那么痛苦。

我要被杀死了吗？他在失去意识之前，有点遗憾地想。

不过，似乎也就是这样嘛。

黎簇完全失去了知觉。

"对不起了，我也不想牵连你，不过实在没办法了。"袭击他的男人咳嗽了几声，抹开流到眼皮的血，颤抖着从口袋里掏出一把匕首，把黎簇翻了过来，开始划开他背后的衣服。

第二章

● 伤疤

头疼。

脑袋里面好像有订书机在不停地订钉子，一阵一阵地刺痛。他仿佛又听到了当年父母吵架时砸玻璃的刺耳声音。

"你到底管过你儿子没有？这么多年了，你除了喝酒还是喝酒，你能管管这个家吗？"

"家？这房子是谁买的？这些家具是谁买的？你光记着我发工资的日子，不记得我这些工资从哪里来的。"

"这些东西我不稀罕！"

"不稀罕是吗？我砸！我砸！不稀罕是吧？我砸！全都不要，我也不稀罕！"

砰！砰！砰！

走开，都走开！

黎簇用力捂住耳朵，一下就醒了过来，一眼就看到了顶上的白色帷帐和边上的日光灯。

他喘着气，努力地吸着空气，耳边的争吵声才逐渐地安静下来。他用力睁大眼睛，一直睁到什么也听不到为止。

护士正在换吊瓶，被他的动静吓了一跳："你睁眼需要用这么大力气吗？整得和尸变似的。"

黎簇眯了眯眼睛，心说：真是孽障，太久没有做这样的噩梦了，做起来竟然还是那么逼真。难道自己这辈子都逃脱不了这样的梦魇了吗？不行，绝对不可以这样。

他闭目养神了片刻，慢慢地缓过来，才意识到自己是在医院里，但有点想不起来自己为什么会进医院。"我怎么在这儿？"他开口说话，喉咙竟然出奇干涩，还有一股奇怪的味道。

"你被发现在菖蒲街的一个巷子里，有人用板砖对着你脑门儿抽了十几下，中度脑震荡，昏厥无自主意识。其实你还能活着躺在这里我也很意外，你应该在火葬场。"护士说道。黎簇这才看清楚，这是一个中年的护士，长年熬夜工作，让她显得很憔悴。"医生说你脑壳厚，脑子比较小，所以走运。"护士又补了一句。

黎簇一开始还有点默然，但是板砖、巷子这些词语，还是让他慢慢想起来发生了什么事情。看样子，自己是被抢劫了，不知道有没有被夺去其他东西，如果有他真的不想活了。感觉了一下身体其他部位，没有什么异样，他才松了口气。想想当时那家伙那个样子，满身是血，可能是被什么人寻仇，或者是歹徒械斗逃脱之后顺便抢了他。

这不是一般的背，都背到姥姥家了。

"我刚才听到我爸妈在吵架。是做梦还是幻听？"黎簇摸了摸头，发现手上有吊针。

"不是，我现在也能听到你爸妈在吵。"护士道，"前几天他们就在走廊上对骂，我们只好把他们请出去，不让他们同时来看你。你可能不知道，你昏迷了十多天了。"

"十多天，你胡说！"黎簇心中暗骂，咬牙坐起来，一动就觉得背后传来剧痛，背竟然比头还要疼。

"我背上也受伤了？"黎簇问道。

"你背上？对，受伤了。"护士说道，"刀伤，你最好不要去抓。"

"他还砍了我？"黎簇心中来气，骂道，"不就是抢那五百块钱嘛，至于那么凶残吗？用砖头拍还不够，还要砍我。"这时候他发现护士的表情有些奇异。

"他怎样了？"他问道。

"谁怎样了？你是说那浑身是伤的家伙吧。"护士忽然笑笑说道，"他自己也没比你好到哪儿去，他已经死了。"

"死了？"黎簇很惊讶，"警察把他抓住，击毙了？"

"不，他们发现你的时候，他死在了你的旁边，失血过多。他紧紧压在你身上，你们被血连在了一起。"

黎簇愣住了，他想了想才明白了护士的意思，看样子这倒霉鬼抢劫他抢劫到一半就挂了，这还真是富有戏剧性。要是当时自己没被拍晕，说不定警察来了还会以为是自己抢劫了对方。不过，都伤成这样了，干吗还要来抢劫呢？不是应该直接去医院吗？难道他当时连打车的钱都没有？早知道这样，问我借不就行了？

黎簇忽然感觉到一阵内疚，随即他安慰自己，对方把自己打晕才是借不到钱悲惨地死在当场的主要原因。

护士又对他笑笑，说道："你好好休息吧。"说着拉上了他病床四周的帘子。

黎簇捏了捏自己的眉心，觉得很梦幻。在他的记忆里，几个小时前他还想着要去哪个网吧窝一晚上，现在却差点被人弄死躺在了医院里。

也好，反正自己没有死，可以一个多月不去上课了。如此说来，上课的痛苦远胜于被刀砍，这些老师也该反省反省了。

他也失笑，想到自己做了坏事，老师还不得不带着同学抱着花和水果来看他。这就是所谓的命运啊。

十几天没动，他身上感觉很不舒服。动了一下，一阵痛楚从他背后传了过来。看来刀伤还挺严重的。

他耸动了一下肩膀，整块后背的疼痛都席卷而来。他忽然意识到，后背的伤口好奇怪，好像不止一道伤口。

他想起了护士的表情，感觉有点不妙，手往背后摸去。很快，他就摸到了他背后包扎的地方。

伤口应该已经止血了，外面贴着纱布，他的手伸到纱布内，摸到了伤口。伤口已经结痂了，摸着有些疼有些发痒。他摸着摸着，冷汗冒了出来。

好多伤口，而且越摸越觉得瘆人，为什么这些伤口的形状感觉这么奇怪？这些真的是刀砍的吗？他咬牙翻身起来，脚软得几乎跪倒在地，但是他勉力撑住一边的凳子，拔掉手上的吊瓶，跌跌撞撞地来到厕所里，扯掉了背上的纱布，转身看自己的背。

瞬间他惊呆了，心说：这是什么东西？

他的整个背上，刻着一张极其诡异的图，而且完全是用刀割出来的。那并不是一刀两刀，而是几百刀刻痕。所有的伤口都结痂了，形成了无比恐怖的伤疤。

"这是张什么图？"他浑身冰冷，无法言喻的恐惧掠过了他的全身，他无法抑制地大吼了一声。

第三章 · 七根手指

黎簇的那一声惨叫绝对能载入这家医院的史册，以至于在他出院前的那段时间里，他一直被人称呼为"惨叫君"。据说，当时连另一幢行政楼都清晰地听到了这一声惨叫，院领导还以为是什么重大的医疗事故，或者妇产科终于生出来什么了不得的东西。

黎簇在大吼之后，一直想撕掉自己背上的胶布，但是显然包扎的时候，医生已经预料到了这个情况。这些胶布全部用卫生胶带从他肚子上过了好几圈，虽然他扯掉很大一部分，但是要从身上完全扯下来很难。他扯了几次都没成功，后来冲过来的护士叫了几个男护工过来，把他死死压在了床上。

还好在发生电影里给疯子打镇静剂的情节之前，黎簇就被几个壮男压得冷静了下来。

他被重新按坐在床上的时候，脑子还是一片混乱的，头还是不由自主地想往后背转去，手也直往后伸，好在护工犹如牛一样壮硕，把他死死钳住。

这时候，医生也被惊动了，跑了过来，进来就问："怎么回事？"但是她一眼就看明白了。

她身后跟着好几个其他病房的病人，医生回身把床边的帘子拉上，就去摸黎簇的额头。黎簇一看到穿白大褂的大夫，立刻静了下来。

这是一个三十多岁的年轻女医生，显然他是第一次见，她长得不算漂亮，但是身材窈窕。黎簇从小就特别吃女医生的套路，他不知道为什么，只要看到女医生，就会觉得很心安。

不过这片刻的宁静并没有让他真正镇静下来，背后的疼痛一下让他重新恐惧起来。

"医生，我背上是什么？"他对着医生叫道，"那个王八蛋在我背上刻了什么东西？"

医生埋怨地看了护士一眼，才皱着眉头对黎簇道："现在不适合谈论这个话题，还是等你身体再恢复一点，和你爸爸在一起的时候，我再告诉你。"

"去你……"黎簇的情绪一下就"炸"了，想爆粗口，但是一看到穿白大褂的女医生，他硬生生把后半句话咽了下去。

女医生显然并不想多说，便给两边的护工打眼色，黎簇立即就意识到以自己的年龄在这种情况下是没有发言权的。要是被绑在床上，他就糟糕了。

即使他自认为他甚至比他父亲更了解日子应该怎么过，其他人还是不会听他的，这大概就是孩子的悲哀。想到他老爹的嘴脸，他忽然觉得很烦。不行，绝对不能让自己混到这种境地。

"等一下。"他决定采取措施，至少要争取一下，"对不起，刚才我有些情绪失控了，不过我还是想知道我到底发生了什么事情，带着这个疑问我也休息不好。"

大概是这种话从毛头小伙子的嘴巴里说出来，让女医生觉得很惊讶，她看了他一眼说道："没有什么，只是一些伤疤而已。你受了很严重的刀伤，很可能留下无法消除的疤痕，所以我们不想这么早告诉你，你还是好好休息吧。"

黎簇吸了口气，心里暗骂：你要我安心也编个好点的理由，我刚才摸到的可不是那么一回事。看女医生要走，黎簇立即道："我不信！医生，我父母已经离婚了，我也十七岁了，我能自己负责自己的事情，请你告诉我真相。"

这是一句真话，黎簇说得很淡定，但是也带着祈求。

女医生愣了一下，边上的护士和护工显得很尴尬，黎簇知道有门儿，他用这句话震慑过不少大人，便继续道："阿姨，求求你了。"

女医生叹了口气，对边上的护工摆了摆手，护工把手松开。她对黎簇道："好吧，你跟我来一趟办公室，只要你不再撕你的绷带，我就告诉你。"

"谢谢阿姨。"黎簇松了口气。

"不要叫阿姨，叫姐姐。"女医生头也不回地走出去，"看你少年老成，我很欣赏，叫几声好听的，等下你看到自己的后背崩溃后，我兴许还能安慰你几句。"

黎簇跌跌撞撞地跟着女医生来到了办公室。背后的疼痛让他很不得劲。

办公室里没有沙发，只有一张床，女医生给他使了个眼色，他只好坐了上去。这时候，他看到了女医生的名牌，挂在一边的衣架上。

梁湾。

"梁姐姐。"他顺势问道，"你是什么科的大夫？"

"你管得着吗？"梁湾一口的北京姑娘腔，说着从抽屉里拿出一个大信封来递给他，"里面是你后背的照片，慢慢抽出来，不准再叫了，多奇怪都得忍着。"

黎簇点头，心一下提了起来，心说：有那么夸张吗？难道他背上刻着一坨大便或者是蜡笔小新的某种涂鸦文身？如果是真的，他也不想活了。

反正东西到手，也不用管什么仪态了。他迅速把信封打开，手往里一伸，就摸到了几张薄薄的纸，拉出来，是几张用打印纸打印的彩色照片。

拉出来的那一刹那，他还瞄到了信封的LOGO，发现那还不是医院的，不由得放慢了拉出的速度。

不过，即使再慢，在看到照片的时候，黎簇还是愣住了。在那一刹那，他完全不相信那是他自己的背。但是他也没有叫出来，照片上的画面，牢牢地吸引住了他的目光，一股寒意从他脚底升了上来。他忽然意识到，梁湾不想让他立即看是有道理的。

这几张照片显然是在现场拍的，他的背上满是血污，那种出血量看着就让他恶心。他比较消瘦，背上几乎没什么肉，这使得那些伤口显得更加吓人，感觉骨头都已经露出来了。

但是他知道其实伤口没有那么深，如果有那么深，他现在一定不可能起身走路。

如果要详细地描述，这些伤口还有很多可以形容的地方，但是黎簇的注意力很快被所有伤口组成的那个形状吸引了过去，其他的一切他都无视了。

他第一眼就看到整个背上的伤口，组成了一只手的图案。而且不是普通的手，这只手，有七根手指。在手图案的内部，他看到了无数的小字，这些字他完全不认识，因为太小了，很多笔画都很简单，绝对不是汉字。

无法想象，在他昏迷了之后，那个男人到底对他做了什么，要怎样的变态，才能在他背上刻出如此多的细小的记号。

"四个小时，他在你背上最起码刻了四个小时，错过了最佳的抢救时间。可以说，他是为了在你背上刻这幅图案而死的。"

"这人……是个变态？"黎簇喃喃道，"干吗不干脆在我手背上画清明上河图！"

"不是，他绝对不是变态。"梁湾有点怜悯地看着他，"这个人的身份，说出来你会更害怕。"

第四章

● 王盟

梁湾神秘兮兮地看着他，黎簇有点纳闷，心说：我和你又不熟，你卖什么关子。要卖也应该是我老爹过来给我卖关子，怎么也轮不到你啊。不过看梁湾的样子，他只好配合道："那个人是谁？"

"按道理说我也不知道，这是公安局的事情。不过我是你的医生，和他们接触得比较多，所以我偶然知道了一点消息。"梁湾道，"能做出这种事情的人，自然不是普通人。"

"那到底是什么人？"黎簇心中暗骂卖关子还卖两回，你以为你是写盗墓小说的吗，接着问道，"您能别卖关子吗？"

"想知道？请我吃饭啊。"梁湾道，有点戏弄地看着他。

黎簇皱了皱眉头，心说这女医生怎么回事，是不是脑子有毛病，难道是看自己年轻俊俏想调戏自己？

黎簇对于自己的外貌很有自知之明，他知道他骗骗小女生还可以，但是要想吸引这种成熟女性，显然是不可能的。对方或许只是太无聊了而已，但是你无聊不等于我要奉陪。

"唉，我是学生，可没什么钱，敲诈我你好意思吗？"他特地强调了"学生"二字，希望对方高抬贵手。梁湾从抽屉里掏出几张红票子来："这是你被送来的时候放在你衣服里的，不算多，江浙汇你是请不起了，吃卤煮总行吧。"

黎簇接过钱，发现上面血迹斑斑，心中就一阵发怵，道："这是我问我朋友借的，我打算在外面躲几天的时候用，现在看来用不着躲了，我得还给他。"

"少来。你不想知道你背上到底是怎么回事了？"梁湾看了看手表，脱掉了白大褂，从办公桌下拿出了高跟鞋穿上。

黎簇这才发现，这个女医生年龄根本没有他想象的那么大，最多大学刚毕业吧，身材娇小，两条腿线条极美，让他一下有些晃眼。

果然白大褂可以遮掩很多东西，黎簇心说。梁湾一下钩住他的胳膊，就让他走："走，我去帮你办出院手续。"

梁湾的手很软，从来没接触过女人的黎簇有点魔怔了，心说：难道这就是传说中的艳遇？这艳遇也来得太给力了。难道这女人特别喜欢背上被刻成比萨一样的男孩子？

"出院？我可以出院了吗？"他有点迷迷糊糊地问道。

"是不是男人，婆婆妈妈的？我都陪着你了，怕什么？"梁湾拉着他就出了办公室，顺手把灯关了。

黎簇真的迷糊了，几天之后他想起来，还是觉得晕乎乎的，一个高中男孩，被这么漂亮的一个医生姐姐钩着手臂在街上走，那双白嫩的手上传来的羽缎一般的触觉，让他快要晕过去了。

如果没有之后发生的事情，这一天就完美了，身上再被切几刀也值了啊。在接下来的事情发生之后，他曾经这样想过。

医院边上的卤煮店中，有一家特别有名的叫"王小石"。黎簇在这家卤煮店里坐下之后才发现自己还穿着病号服呢。"小伙子住院嘴巴里淡出鸟儿来了吧，偷跑出来吃点口重的啊，哟，这是你姐姐吗？长得可真标致。"卤煮店的伙计看到就觉得好笑，一溜儿调侃。

"姐你个头啊，我是他同学！你点不点菜，不点我们上别家去了！"梁湾骂道。

"得，姐姐您别那么凶。"伙计吐了吐舌头立即跑了。

"你平时都这脾气吗？"黎簇被吓了一跳，问梁湾。

"什么脾气？"梁湾一边翻看着桌子上的点餐牌一边问他，"说清楚点儿。"

"让人摸不着北的脾气。"

"嗯，确实，不过不是你想的那种摸不着北。"梁湾迅速翻动着菜单，"这话题轮不到你来和我讨论。"

"那现在能告诉我，在我背上刻字那人——"黎簇问道。

梁湾看了看手表："别急啊，一个菜也没上，正主儿也还没到呢。"

"正主儿？"黎簇刚说完，忽然门口又一阵嘈杂，远远传来伙计的声音："几位？"

"有人在了。"门口传来一个低沉的声音。梁湾立即抬头看向门口，招手："这边这边！"

黎簇回头望去，看到一个消瘦的穿着黑衣服的男人从门口走了进来，他嘴巴里还叼了一支烟。

"王盟。"男人走到黎簇边上，伸手跟他握了一下手，"你一定就是黎簇了。"

黎簇莫名其妙地看了梁湾一眼，却发现这个女人一直盯着王盟，脸颊都红了。

犯花痴了啊。黎簇胸口像被打了一拳，有一些受伤，还好这伤感情的刀子下得够快，他还没太大感受。

是吧，果然这种女人是不会喜欢小男生的，勾搭自己只是因为觉得自己年纪小没危险吧。可是她为什么要带他来和心仪的男友吃饭呢？她喜欢带着电灯泡？我和她不熟啊，这个电灯泡我想点都点不亮。

王盟却没有理会梁湾，只是礼貌性地向她点了点头，就问黎簇："你的背没事吧？"

"没事。你是——"

"我是袭击你的那个人的同事。"王盟把车钥匙放到桌子上。

黎簇愣了一下，花了几秒才反应过来，立即往后缩了缩："别开玩笑。"

"不是玩笑，那人的名字叫黄严，是我的伙计。我刚到公安局录完口供。"

"你想干什么？我背上已经没地方给你刻了。"黎簇想立即离开，心说：她是把我卖了吧。

王盟摆了摆手，表示抱歉："不，你误会了。我只是来道歉，并且给予一些赔偿，希望你不要对这件事情深究下去。听梁湾说了，你背上很可能会留下伤疤，我们会给出合理的赔偿。"说完，王盟拿出一张纸，放在桌子上推给黎簇。

"这是什么？"

"这是转账支票。"

黎簇接过来，他还是第一次看到支票这种神奇的东西。那是一张桃红色的小票，上面印了一串数字。他看到上面有很多零，但是数不清楚是一万还是十万。

不过就算是一万，对他来说也是相当可观了。

"你想干吗？"

"这是给你的补偿，我等下会带你到银行，教你入账，不过在这之前，我们还有一个条件。"王盟的手按住了支票，"我希望你今晚不要回医院，我想和你仔细聊聊那天发生的事情。我在对面的酒店开了一间套房，我们可以去那边聊聊，你告诉我一些细节，然后晚上你就在那儿好好休息。"

"这有什么好聊的，不就是被砍了几百刀吗？我当时就昏过去了，什么也不知道。"黎簇看了一眼支票，他想起在电视上看到过这东西，似乎很有价值。不过他有点惶恐，因为他不觉得自己知道的那点事情有这么大价值。

王盟看了一眼梁湾，梁湾说道："我告诉过你了，他确实什么都不知道，你还不相信。"

"我还是要知道细节过程，因为很多在别人看来无意义的举动，在我们这一行可能会是性命攸关的东西。"王盟点上一支烟，问黎簇，"如何？不管怎么样，这十万都是你的。"

此时黎簇已经对着支票数了好几遍，发现确实是十万块钱。王盟突然的问题让他打了个激灵，他点了点头，心中道："去！我去！不就开个房嘛！"

"喂，今天晚上不是陪我吗？"梁湾有点急地对王盟道，"你说话不算数啊。"

"不会耽搁太长时间，毕竟小兄弟是病人，需要休息。这件事情我得快点搞定，我不想劳烦我老板亲自出马，那会出大事。"王盟让了让从身边端卤煮的伙计，一大份卤煮被端了上来，"吃吧，今天我请。"

第五章 · 十万

在吃饭的过程中，黎簇一直在听梁湾和王盟聊天。王盟很有耐心，没有问黎簇任何问题，只是和梁湾有一搭没一搭地聊着。听着他们的对话，黎簇越来越疑惑。

最初，黎簇判断这个王盟可能是精神病院的职员，要不然怎么会有这么一个变态的同事；或者黄严可能牵涉了什么见不得人的生意，王盟是他的同伙，现在跑来用钱堵住自己的嘴巴。但是听着听着，黎簇又发现不对，从这家伙零碎的话语里，越来越让人感觉他像一个做小买卖的。

因为王盟谈话间频繁提到货物、铺子、老板这些琐碎的词语，感觉像是卖切糕的或者路边卖干货的小商贩。但是，黎簇认为自己还是很会看人的，虽说是做小买卖，这人的小买卖肯定和其他人的不一样，因为举手投足间，王盟的气场和普通人完全不同。

那是一种距离感，让人感觉这人说出来的事情，全都是无关紧要的，真正的秘密被深深地压在他的心里，他永远也不会说出来。

从他们的对话里，黎簇还能听出来一件事情，似乎这个王盟的老板，是一个十分厉害和重要的人物。

"他和一年前相比变了很多。"王盟经常用这句话来形容他的老板，除此之外便不愿透露更多了。

梁湾似乎对王盟的老板很有兴趣，经常有意无意地把话题绕到这个上面来，但是王盟总是能轻描淡写地挡开。梁湾确实是个极品花痴女，竟然完全没意识到这个男人一直在敷衍。

当然，多年后黎簇想起这个场面，才明白并不是梁湾花痴，只是自己当时看人的段位还远远不够而已。

吃完饭他们便去了对面的宾馆，这样的组合确实奇怪，一男一女带着一个高中生，高中生还穿着医院的病号服。好在只要有钱就会少遇到很多问题，所以，这奇怪的组合倒也没遇到任何麻烦。

王盟订了一个豪华套房，黎簇走进里面像是刘姥姥进了大观园一样。当他看到套房客厅里摆的大沙发，惊得说不出话来。

而梁湾则从包里掏出之前给黎簇看的那个信封，丢到沙发上，对王盟道："你们快点啊。"

刚说完，王盟就从口袋里掏出一个刮胡刀一样的东西，刺到了梁湾的后背上，那东西发出一连串电击的声音，梁湾惊叫一声，瘫倒在沙发上。

"电击枪。"王盟对黎簇解释道，蹲下来摸了摸梁湾的脖子，梁湾还在不停地发抖。说着他就朝黎簇走了过来，"不要怕，我的同事在你背上留了一个东西，我要拿回来，这些钱就是你的，这个女人我不想让她知道得太多。"

黎簇目瞪口呆，一摸自己的后背，上面的伤疤全部被医生缝起来了，怎么可能有什么东西，心说：你果然是来完成你同事未完成的变态事业的。这家伙说什么铺子，难道是卖人皮包子的铺子？

不过这种情况下，做更多的猜测没任何意义，黎簇立即后退。

"别害怕。"王盟继续说道，拿着电击枪一步一步地朝他靠近。黎簇

知道要糟了，他在网络上看过这东西的威力，人给电上一下，连小便都会失禁。不过，黎簇倒也不慌，多年和他老爹在房里追打的经验足以让他拖延一会儿。他条件反射地四处瞄着，想找逃脱的方向。

整个房间分为两个区域，一边是床铺所在的休息区，一边是放着沙发和茶几的办公区。所谓的豪华套房，就是办公区特别大，办公区里还有一张相当舒适的三人大沙发，摆在电视机对面最显眼的位置。

现在，王盟和黎簇之间只隔着那张沙发，这是黎簇唯一的优势。黎簇知道当一方在进攻的时候，另一方首先要做的，就是减缓对方的进攻速度，而最简单的办法就是在对方的进攻路线上设置障碍物。

王盟如果想要攻击黎簇只有两个选择：一个是选择一个方向，绕过沙发，不过这样的话黎簇可以从容地往相反的方向跑；而另外一个就是直接从沙发上跨过来，不过如果不是身手特别好的人，想要跨过沙发会比绕过沙发花的时间更长。

只要王盟选择了一个方向，黎簇就能得到机会，冲到门口，打开门，然后在走廊上一边大喊"有变态啊"，一边冲下楼梯。

他估计必须要冲到大厅才会安全，因为王盟一定会在后面追击。其他人要是看到这样的情况，第一反应就是躲一边去，就算有人见义勇为，估计也会被王盟一电击枪放倒。但是只要到了大厅，因为人够多，王盟就算把自己电倒了，也没法把自己弄走，那样的话自己最多当众大小便失禁一次。

黎簇心念如电，在半秒内，他已经做好了计划，唯一的变数是王盟进来的时候有没有锁门。

当时他没有注意。如果王盟把门锁上了的话，事情就有点麻烦，但是他看到了门边上的卫生间。

卫生间的门确实是打开的，如果大门打不开，他可以立即冲进卫生间，把门锁上，里面有可以打到前台的电话。

王盟显然也在思考如何进攻更加有把握，黎簇一动，他就跟着动，一直预测着黎簇的行动路线。王盟没有贸然贴近，也是以沙发为屏障运动着，而且动作十分灵活，无论黎簇怎么做假动作，都甩不掉他。

黎簇的冷汗流下来了，棋逢对手啊，这家伙和喝多了跌跌撞撞的老爹可完全不一样，看样子深得这种室内追逐战的精髓，也许这家伙有过和他一样的童年吧。

两个人在房间里好像跳沙滩舞一样来回折腾，黎簇渐渐有点沉不住气了，有几次他都想孤注一掷地冲出去，但是都在最后一刻忍住了。他发现，王盟总是可以在他准备孤注一掷的时候做好全力一击的准备。

怎么办？

黎簇从来没有想过自己会陷入这种窘境，背上的伤口也痒痛起来，但就在他的脚步开始混乱的时候，"哐"的一声巨响，在他面前飞转腾挪的王盟突然停住了，眼睛一下翻白，然后整个人倒在地上。他手上的电击枪也摔到了地板上，在地毯上一路打着滚，滚到了墙角。

黎簇这才看到站在王盟身后的披头散发的梁湾手里拿着一个花瓶的柄，她还想再砸，却发现花瓶剩下的这个柄已经没有太大攻击力，于是扔掉，然后朝着王盟的胯下狠踹了两脚。

王盟疼得缩起了身体，这时候，梁湾看到了角落里的电击枪，转身捡起来，对着王盟的后背刺了下去。

顿时，一股烧焦的味道散了出来，王盟浑身乱颤，一股液体从他胯下蔓延开来。

"敢暗算老娘，亏得老娘对你一片真心。疼死我了。"梁湾摸着被电击的部位，坐倒在沙发上，留下黎簇一个人心惊胆战地看着这场面。

安静了一会儿，梁湾对黎簇说道："愣着干什么，快扶老娘起来，我们回医院。"

"他怎么办？"

"放心吧，死不了，难道还要老娘来伺候他？"梁湾道。

"难道不用报警吗？"黎簇问道。

"不能报警，你不知道他的身份，我是有一些耳闻的，报警了就是大事情了。我看我得请几天假躲躲了，要不然他们会来找我算账的。"梁湾道，"对了，你的钱呢？"

黎簇拿出支票，梁湾就说："这得分老娘一半，老娘今天可是白白倒了血霉了。"

"凭什么？你背上又没给人画条儿。"黎簇争辩道。

梁湾也寸步不让地反驳："我背上可被电了两个大窟窿，我还以为这小子是我的真爱，没想到他是另有目的，还真下得去手。不管，如果你不分我，我就去自首，把你这钱说出来，你这是接受犯罪分子的贿赂，到时候，保管你一分钱都拿不到。"

梁湾说得咬牙切齿，黎簇看她的样子，也不知道是背后疼的，还是真的很生气，只得答应。梁湾抓起他的手，让他扶住自己，道："亲昵一点，先出酒店再说，鬼知道他是不是只有一个人。"

梁湾是一个非常娇小的女人，黎簇的手搭在她的肩膀上，感觉很舒服，不由得抱紧了，梁湾没有察觉。他们一路下了电梯，黎簇的病号服很显眼，但是没有任何人阻拦他们。他们一路出了酒店的大门，上了出租车，梁湾才松了口气。

"咱们现在去哪儿啊？"黎簇问道。

梁湾看了看黎簇，想了想，对黎簇道："去我家！"

第六章

●

吴老板

一路上黎簇都没有说话，他看着窗外的街道，心中想着，自己是否应该跳下车去，然后一路狂奔。

可是自己能狂奔回哪儿呢？老娘那里？算了吧，老娘虽然还是关心他的，但是，老娘已经有了自己的家庭，那里是容不下他的。老爹那里？估计又是一顿胖揍。

自己竟然是在这种时候，明白了什么叫无家可归，他觉得有些可笑。

真正的无家可归不是没有家，而是自己不愿意去面对这个家庭。他忽然又想起了张薇薇，他曾经看到过这个女孩子晚上独自一人在学校的操场上哭。她一直住在宿舍里，她的母亲在外地打工，她也一定没有感受过真正意义上的家吧？可惜，他连个宿舍都没有，归根到底还是他更配不上她。

梁湾显然被电得疼极了，一路上哼哼唧唧，也没顾得上他。黎簇的手放在车门的把手上，几次红灯的时候，他都可以下车，但是最终黎簇还是把手放下了。他忽然有一种很深切的悲哀，他觉得，如果自己真的走上这条不归路的话，似乎对其他人也不会造成太大的困扰。

"你怎么不说话啊？"当车经过太阳宫一带的时候，梁湾才向他问道，"被我吓呆了？"

"这到底是怎么回事？"黎簇转过头来，"我不知道该说什么，他们到底是什么人？你和他们是什么关系？为什么要把我卖给他们？"

梁湾皱了皱眉头，她有些不想回答，因为现在回过头来看整件事情，她觉得事情的发展十分脱线。但是看黎簇的样子，她知道如果现在不说这家伙肯定晕乎，何况之后总是要说出来的。所以她想了想，回答道："我知道的也不多，他们的身份很特殊，他们并不是黑社会，但是性质比黑社会还要神秘。我没有卖你，只是他们说要给你赔偿，我又喜欢他，自然帮他安排了。我也没想到会弄成这样。"

"那是什么？难道是特工？"

"不，这些人是盗墓贼。"

"盗墓贼？"

"是的。"梁湾点头道，"虽然他们没有明说，但是我觉得八九不离十。"

前天她第一次见到王盟，是在凌晨值夜班的时候，当时她正在百无聊赖地玩着《植物大战僵尸》，然后就看到王盟进来了。当时王盟穿了一件黑色的西装，身材修长，这正是她喜欢的类型，所以她当时就眼前一亮。

梁湾是个特别喜欢帅哥的人，王盟虽然称不上帅，但是举手投足之间，有一种非常特别的气质。之后她又看到了另外一个人，那个人跟在王盟的后面，王盟叫他老板。他只是进来看了一眼，就立即闪了出去。她听到那个人对王盟说"你来处理，我不见生人"，然后就走了。

从梁湾的角度来看，那个王盟的老板虽然年轻，但是眉宇之间，总有一股常人难以企及的沧桑感。总的来说，这两个人给人的感觉都特别奇怪。

之后梁湾才知道，王盟是来处理那具警察放在这里的尸体的。那具尸体解剖已经完成了，所以她把王盟带到了下面，让王盟签字把尸体领走。就在她决定回办公室继续值班的时候，王盟突然把她叫住了，说他的老板想请她帮个忙，明天想单独和她吃个饭。

梁湾想起他老板的样子，立刻就答应了。这个人的气质太特别了，让她起了前所未有的好奇心。

不过她没有想到的是，第二天那个老板并没有来，只有王盟来了。两个人聊了一会儿，王盟就告诉了她一件她觉得有点扯淡的事情。

"你背上的图案，应该很有来头。王盟告诉我，他们是搞文物研究的。三个月前在宁夏固原一座隋朝古墓中，出土了一具古尸，他们在古尸的背上发现了文身的图案，这种图案非常特别，他们觉得可能会有蹊跷，准备把尸体带到研究所去检查。但是很不巧的是，在这个过程中出了意外，负责运送古尸的伙计失踪了。这三个月里他们在找他，但是怎么找都找不到。一直到最近，他死在了你的身边，并且在你身上刻下了那个图案。"

"古尸？"黎簇惊奇地道，心说：我背上的图案竟然是古尸背上的文身图案，这更加让人不舒服了，把我当兵马俑了是怎么的。

梁湾道："估计是这个负责运送古尸的伙计从这图案中参透了什么，想把这个消息卖给其他人，但中间出了什么变故，才会变成现在这种局面。当时那个伙计——也就是在你背后画图的黄严，已经身负重伤，他知道自己活不了多久，才把你抓了过去当画板。"

"你说他干吗要画在我的身上，他画在地上多好啊。"黎簇说道，"二缺也不能二缺成这样啊。"

"这我也不知道，也许是因为你看上去很娇嫩。以前不是有部电影，里面的纳粹特别喜欢在小孩子的皮肤上文身吗？"

"不可能。"黎簇觉得奇怪，他回忆当时那个人袭击自己时说的话，觉得当时那个人的目的十分明确。自己被袭击，肯定不会是因为对方二缺的。他把东西刻在自己背上，可能是觉得这样比较稳妥，也就是说，他想把这个信息留下来的愿望十分强烈。

那么，这个来自古尸背上的图案到底有什么意义，让那个人觉得那么重要，甚至连命都不要，都想把它留下来？

"既然知道王盟是盗墓贼，你为什么不报警啊？"黎簇想了想，心说：你要早报警，就没今天这么多事儿了。我说不定还能搞个见义勇为什么的荣誉称号，在早操大会上威风威风。

"报警？这种人，敢这么冠冕堂皇地和我说这些，肯定是有恃无恐。而且我怎么知道他说的是真是假啊，万一他是个大骗子呢？再说了，盗墓贼，多酷的职业啊。这男人长得也不错，我想相处一段时间后，看看有没有发展可能再报警呗。还有他那个老板也太有味道了，如果我能再见到他那就太美好了。"

"大姐，你犯花痴不要连累我啊。"黎簇道，"小爷我今天差点被你的花痴对象电翻。"

"谁知道他只是想利用我，我觉得我和他聊得挺好的啊。"梁湾叹了口气，背后的痛楚让她皱了皱秀眉，"男人，真靠不住。"

"你也靠不住好吗！"黎簇对着司机大叫，"师傅，转去最近的公安局，我们要去报警，有盗墓贼偷袭我们。"

司机回过头来，莫名其妙地看了他们一眼，梁湾立即道："开玩笑的，我男朋友精神有点问题。"

"这么小年纪就谈朋友了，牛啊。"司机说道。

"你到底想干吗？"听到梁湾称自己为男朋友，黎簇的心软了下来，轻声问道。

"我说了，这帮人不是好惹的，我看他那老板的样子，绝对不是普通货色。而且他们显然有很多人，要是贸然报警把事情搞大，他们要报复我们，我们到哪儿躲去？"梁湾道，"你要相信老娘我的社会阅历，这个世界不是你想的那样简单。"

黎簇咧了咧嘴巴，心说警察再怎么也比花痴靠谱。他打定主意去举报那些王八蛋，得对自己的背有个交代，不过不是现在，他还想看看梁湾今天晚上和他还会发生什么事情。

出租车一路开着，最后在望京停了下来，梁湾穿着高跟鞋不好走路，黎簇扶着她跌跌撞撞地进了一个小区的一幢楼里。上了十四楼之后，终于到了梁湾的家。他们开门进去，里面一片漆黑。黎簇闻到了一股女性特有的居家味道，不算特别香，但是很能让人安心。

"稍等啊，有点乱，你别吓着。"梁湾打开了屋里的灯，黎簇一下就看到一个装修极其简单的客厅，除了一张沙发就其他什么家具都没有了，反倒是各种衣服和黑色的丝袜堆得到处都是。

黎簇皱了皱眉头，心说如果不是她提醒，他肯定以为这里被打劫过了。黎簇刚想揶揄几声，忽然梁湾惊叫了起来，他也立即看到，在沙发上竟然坐着一个人。

那个人应该是一直坐在沙发上闭目养神，直到灯亮了才睁开眼睛。

那是一个年轻人，他的身材修长，穿着一身棕色夹克，戴着手套，一副很休闲的样子。年轻人面前摆着一杯咖啡，也不知道是自己带进来的，还是用梁湾的设备泡的。年轻人非常淡定地看着他们，似乎完全不觉得意外。

"你男朋友？"黎簇问道，心说糟糕了，自己没准备好面对这种场面。这女人到底有几个男人？

"不是，这个是王盟的老板。"梁湾道，"我在医院里见过他一小面。"

"我的名字叫吴邪。"年轻人站了起来，点上一支烟，黎簇发现和王盟抽的烟是一个牌子，"抱歉，两位，我的手下办事不力，希望你们见谅。我看，我们之间的交易应该还没有完成。"

梁湾不由得有点发抖，一直往后退。黎簇感觉到了梁湾的害怕，立即也恐惧起来，也往后退去。

才退了几步，他们就听到身后有动静，只见电梯门打开了，从里面

走出来几个牛高马大的人，拦住了他们的去路。

"我不会伤害你们的，我的手下有点急躁，所以才会出那种主意。"自称是吴邪的年轻人向黎簇他们走来，"给我五分钟时间，我就想看看这位小兄弟的后背，五分钟后我们就会离开。"

"我这里有图片。"梁湾道，"你们把图片拿走吧。"她哆哆嗦嗦地把信封从包里拿了出来。

"我要看的是真实的图案在皮肤上的样子。"他抽了一口烟，接着道，"我们要立即赶往另一个地方，所以，请快一点。"

第七章

●

背上的秘密

黎簇被按在了床上，背部朝上，几个壮汉死死地压住他的四肢，让他动弹不得。他的上身赤裸着，那个老板打开手机的应急照明程序，用强光照着他的后背，眼睛几乎贴着他的背观察他背上的伤疤。

黎簇选择就范是因为他发现自己完全没有选择，无论他做什么决定，都必须顾全梁湾，而且，他觉得即使他执意反抗，意义也不大，如果惹怒了对方，恐怕后果更加糟糕。另外就是，他能感觉出来，这批人虽然看上去像亡命之徒，但是似乎并不是轻易就要取人性命的那种，否则没有必要和他说那么多。

所以他选择投降，像一只烧鸡一样被人按着研究。他心中也奇怪，自己背上就是一堆奇怪恐怖的伤口，照片也给他们了，他们为什么还执意要看自己的背？什么叫绝好的提示？即使有绝好的提示，照片也照得足够清晰了。难道，真如王盟说的，有人在他背上的伤口里留了什么东西，所以才需要这么仔细地检查？那自己岂不是要完蛋了？这次真的要完蛋了。

正想着，忽然他感觉到那个老板的手开始小心翼翼地在他的背上按动。由于自己的伤口还没有完全愈合，一按就火辣辣地疼，但是他也不敢叫，只得咬牙忍着。

此时黎簇听到边上的梁湾说："你最好去洗一下手，否则他的伤口会感染的。"

老板道："我泡咖啡之前洗过了。"说完他就反手从自己的后腰拿出了一个什么东西。

黎簇想抬头看，可是看不到，听着声响那东西似乎是从钥匙串上摘下来的，他心里有点发毛。果然，黎簇立即感觉到一个冰冷的东西，开始在老板的手按过的地方滑动。那似乎是刀子。

"你想干什么？"梁湾立刻骂道，"他的伤口都是刚刚缝起来的，都清洗过了，绝对不会有东西。"

老板完全没有理会，在剧痛中，黎簇背后伤口上缝针的线被一根一根挑开了。梁湾几乎不忍看，大骂："你们到底想干吗？"刚说到一半就被人掐住了脖子，发不出声音来。

黎簇心里暗骂：果然啊，浑蛋！但是他没有叫出声来，因为他知道，这种情况下他再怎么求饶都没有用，还不如省点力气忍受接下来的痛苦。他用力绷紧背部的肌肉，开始等待那冰凉的金属感。

"别伤害她，这不是什么大不了的事情。"老板对掐着梁湾的人说道，"他背上的这张图很关键，最主要的就是那些线条，秘密就在线条之中，但是并不是每一根线条都是关键的、包含了信息的线条。最主要的一定是他最先刻上去的，而且刻得特别仔细和缓慢，伤口应该最深而且最不整齐。我只要找到这些线条，就能化繁为简。"

说着老板慢慢地一点一点地把那些缝合的线挑开，把伤口拨开。黎簇疼得脸都青了，但是他除了颤抖，几乎一动都没有动。

老板把这些事情做完，拿出刚才梁湾给他们的照片，在上面做了一些标注，最后拍了拍手，旁边的一个手下拿出一个医疗包，递给梁湾，意思是让她重新缝起来。

梁湾显然很害怕，没有再出言挑衅，但是医生的素养还是让她戴上了手套，开始进行各种消毒工作，然后缝合。整个过程用了三个小时，完成之后，梁湾瘫软倒在沙发上，已经筋疲力尽。

医疗包中准备了麻药，但是剂量不够，黎簇能感觉到梁湾的手在抖，但是他一声都没有叫，就和他被他老爸打的时候一样，他以惊人的韧性忍受了前后三个半小时的剧痛。他重新坐起来之后，发现吴邪看他的眼神有了变化。

"你很坚韧。"吴邪说道，"真让人吃惊。"

我会还给你的，黎簇感受着整个背的火辣剧痛，在心里说道：今天我所受的一切，我一定会还给你。我要报警，我要让警察叔叔揍得你连你爹妈都不认识。在你坐牢的时候我还要买通狱警给你吃全是玻璃碴的馊饭！

吴邪笑了笑，似乎看穿了他的心思："可是在这个世界上要做成事情，光靠坚韧是不够的。"说着他做了个手势，身边的几个人就把梁湾从沙发上架了起来。

黎簇和梁湾都慌了，黎簇道："你们想干什么？"

吴邪摆手让他们都动作轻点："我有些事情要和这个小兄弟商量，梁大夫回避一下，到里屋去。"

梁湾就这么被关进了里屋。门被锁上了，吴邪这才说道："长话短说，我要和你做一笔交易。我要你跟我去一趟沙漠，一共十二天的样子，报酬你自己开。我们会为你准备装备。"

黎簇疼得难受，没听清楚，听到最后几个字，愣了一下。什么，沙漠？报酬？装备，什么装备？他抬头问："什么装备？

"去沙漠的装备。特殊装备我们会为你准备，你带几条换洗的内裤吧。"吴邪道。

黎簇又愣了一下，又问了一遍："等等等等，什么，去沙漠？"好久他才反应过来这句话是什么意思，怀疑自己听错了。

"什么沙漠？"黎簇问，吴邪回答道，"是北方的巴丹吉林，中国第三大沙漠，在内蒙古。"

"为什么要我去？"黎簇觉得自己快晕过去了，这是什么狗屁事情，他为什么要去沙漠，这算是什么，作为补偿的旅游邀请？黎簇在心里嘀咕道：不用那么客气，跟着我去自首就行了，我会说服法官重判的。

"你不要觉得突兀，我也不想带上你这个累赘，但你背上的情况太复杂了，光靠刚才那么点时间我怕我看得不够仔细，会有遗漏，把你带在身边比较靠谱。"老板接着说道，"这是有报酬的，你可以自己开价。"

黎簇苦笑摇头："还是不要了吧。我觉得我和你们合不来。"

吴邪从背后拿出一个背包来，在黎簇面前拉开："对不起，我忘记你是学生了，可能不是很懂行情。这里有十二万现金，如果你点头答应，立即就可以把这些钱拿走。"

黎簇还是摇头："您太客气，我觉得有机会——什么，多少？"他看了一眼包里，全是红彤彤的百元大钞。

吴邪比了个"十二"的手势。

黎簇皱起眉头，不由得吃了一惊。干这行至于那么富吗？动不动就十万八万的，加上刚才的十万，这就是二十二万了，这可不是什么小数目。他这辈子，不仅是他这辈子，估计他老爹这辈子都没见过那么多钱。不过，这钱真的能这么赚吗？这也太容易了。

"回来之后，再给这么多。"吴邪说道，看黎簇还是那么阴晴不定，就笑了，"你比我想的多疑多了。这是好事情，我像你这个年纪，还天真得像一张纸一样。嗯，我想想怎么才能让你放心。这样吧，刚才给你的支票和这些现金，你都可以直接拿走，然后，你写一张情况说明，我会给你我的资料、照片，你可以放到你最好的朋友那里。如果十二天内你不回来，你就让你最好的朋友把这些寄到公安局去。"

黎簇心说：这我也不放心啊，说不定你艺高人胆大，根本就不怕公安局，或者你根本就不会给我真的信息，我拿了这些钱，也不知道是不是有命花。

第八章

●

诚意

　　吴邪看他还是不吱声，似乎也有些不耐烦了，"啧"了一声："这样吧，我可以这么来解释。假设我不是怀有诚意，我可以直接胁迫你，你还是一点办法都没有，必须跟我走，我根本就不需要那么多废话。所以，本质上我还是一个很公道而且不愿意伤害别人的人，我是在求你帮忙，因为我要办的这件事情很重要。"

　　黎簇看着吴邪的眼睛，竟然意外地觉得有些真诚。但是黎簇内心还是觉得这件事情十分不靠谱，觉得那些人都十分危险。虽然报酬很诱人，作为一个穷人，简直可以被砸晕，但是理智告诉他，钱不是那么好赚的，自己还是一个学生，没有能力应付其中的风险，再高的报酬也是空谈。

　　他看着吴邪的表情和动作，知道自己摇头拒绝是没有意义的。可以肯定，这个人不想用暴力胁迫自己去，但是自己不去也绝对不行。看吴邪的样子，应该会在这里和他对坐一个晚上，不管自己怎么拒绝，他都会一直在这里请求，一遍一遍地请求，到自己答应为止。

这和大臣跪在皇帝的门前，一直跪到皇帝接见是一个道理，不同的是，吴邪不是跪，而是大大咧咧地跷着二郎腿。

不能让他得逞，我不能答应，但是也不能顺着他的方式被他熬到筋疲力尽。黎簇心里想着，怎么办才好呢？

其实这也难不倒他，虽然他年纪不大，但是对这种事情，他有着人精一样的天赋。他吸了一口气，因为他到底是有些害怕的，他如果开始和对方使用这些小伎俩，对方会不会忽然生气？不过他还是决定抗争。

黎簇摸了摸自己的脸，然后抬头："要我答应你的条件可以，但是你必须先答应一件事，你只有答应了这件事，才能让我相信你的诚意。"

吴邪笑了笑，做了个"你说"的手势。

黎簇顿了顿，他要提出一个对方绝对不会答应，但是在眼下他提出来又是绝对合理的要求，这样就能把难题抛给对方。如果对方真的如自己所说，不喜欢使用暴力，那么这个难题会让对方无法再坚持下去，自己也有强硬的托词。如果对方只是戴着面具假客气，自己也能立即发觉，提前预备应对的方法。他想了一下，之后一字一句地说道："我要知道你们做这件事情的目的，我才会跟着你们去。"

说完他看着吴邪的眼睛，知道自己一定可以看出这一瞬间的变化，以此来感觉对方的情绪。

没有想到他刚说完，吴邪甚至完全没有考虑，就直接点头道："好，这个没问题。"

"没问题？"不可能没问题啊！

"你是真的把我们想成了穷凶极恶、怀有不可告人目的的那种人吗？"吴邪抽了一口烟说，"我可以立即告诉你我的目的，我发在报纸上登头版都可以，但是我说了，你未必会信。不过，我有言在先，我和你说了，你就要跟着我去。你不能反悔。"

黎簇看着吴邪，忽然意识到，对方有可能是在诈他，赌他不敢听，因为一旦吴邪开口了，自己就没有拒绝的理由了。

于是，黎簇点头："你说吧。"

吴邪又狠狠地抽了一口烟，然后把烟掐了，道："你知不知道，在巴丹吉林沙漠的深处，有一个叫古潼京的地方。"

黎簇摇头，吴邪接着道："这个地方，就是我们此行的目的地。我去那儿，是想解开我心中的一个疑问。"

接着，吴邪花了半个小时讲述他的目的。或者说，讲述他心中疑问的来源。他讲的内容对于黎簇来说，简直就是小说里才有可能发生的，但是吴邪讲得没有任何犹豫不决，一定不可能是临时编的。

黎簇还是想从里面听出破绽来，好说对方在骗他。但是他发现，如果对方骗他，那这个骗局一定是事先设计推敲过无数遍的。

确实，如吴邪说的，如果为了让他去沙漠，就要准备那么多的计谋，那吴邪他们也吃得太饱了。所以，要么吴邪是个不能用逻辑推断的人，要么他真的是把真实的情况和他说了。

第九章

·

吴邪的故事（一）

事情发生在一个晴朗的午后，江南河边一个西藏风格的咖啡馆里。当时吴邪的身份并不是一个盗墓贼，而是一个叫关根的摄影师。当然，这只是一个为了能进入一些考古项目的伪装，虽然他确实为此学习了很长时间的摄影。

这个咖啡馆的名字叫"可可西里"，墙壁上挂满了西藏风格的挂毯和帷幔，墙上镶嵌着转经轮和几座半人高的金刚法像，墙角还有一只大的镏金香炉，悠悠地往外冒着藏香。这家店无论是视觉上还是气味上，藏味非常浓郁。

然而吴邪并不是特别喜欢这里。窗外是江南河畔的运河公园，能看到一些汉式的飞檐木楼。在西藏风格的咖啡馆里看着窗外的汉式飞檐，让他十分不自在，这也可能因为他是搞摄影的，对于风格的协调有着近乎变态的奢求。

不过，显然这次聚会的主人并不介意这种突兀。

这是一个七人聚会，两个老评论家、一个出版商、一个女作家、吴邪，还有两个记者，算起来都是当地的社会名流。聚会的时间两个月前就定下了，主要是为那个女作家即将开始创作的一本关于沙漠的新书进行策划——这个年代，写作不再是私人埋头苦干的工作，往往在作家开始写作的同时，各方面的策划预热已经展开了，甚至，两个月前她进巴丹吉林采风，也被当成一则新闻来炒作。

聚会从早上九点开始，一直絮絮叨叨到了下午。吴邪其实也不知道他们到底在聊什么，出版商、作家、记者、摄影师，全都是不靠谱的人，聊着聊着话题就跑到一千两百英里外。

他并没有参与多少讨论，一来，他的工作很单纯，那些策划和他的关系不大，他在这里只能算是义务旁听而已；二来，在很长一段时间内，他的注意力都在那个女作家身上，因为这个女人有些不寻常。

她叫蓝庭，是个自由作家，至少她给吴邪的名片上是这么写的。

很少有作家会给自己搞一张名片，这让吴邪很奇怪。不过，这个名字他倒是挺熟悉的。近几年，这个名字老是出现在各种报纸的书讯上，好像是写那些神神道道的东西的，算是后起之秀。吴邪一直以为她的名字和《兰亭序》有关系，所以印象颇深。

蓝庭长得倒是相当漂亮，长长的带着自然卷的头发，波希米亚风的衣着风格，顾盼若怜之际，有一种很少见到的空灵之美，一点也不像同桌蓬头垢面的两个老鬼。他认识的作家不少，非丑即残，但都是男性——看来女作家和作家是两种不同的东西。

她之所以吸引吴邪的注意力，是因为她看上去有些不自在。整桌人聊得很放松，不时笑得前仰后合，但她在其中不动声色，很少发表意见。吴邪发现她的手在下意识地不停地摆弄自己的头发。

学摄影的要掌握相当程度的心理学，必须会用语言去控制模特的情绪，而在古董行里做生意，也需要这种察言观色的能力。这种小动作，按照吴邪的经验判断，一般是因为内心的紧张和焦虑。

但在这种环境下，她在焦虑什么呢？应该不可能是担心书是否畅销，若是和出版商有暧昧，她也不可能这么紧张。

吴邪不禁有些好奇，于是就一直观察她。不过，她除了这种小动作，没有表现出其他什么来。

后来吴邪就有些疲倦了。作家总是有些问题和怪癖的，据说纳博科夫只能在三英寸宽、五英寸长的卡片上写作，蒲柏只有在旁边放上一箱烂苹果的时候才能写作，宪法上也没说女作家不能无缘无故地紧张。如此他也就释然了，虽然她的焦虑有点感染到他。

一桌子人从上午一直聊到傍晚，吃了晚饭之后，才算有了几个阶段性的成果。因为是比较成熟的团队，再细化一聊，策划案很快就决定了下来。

到了最后，就是真正的闲聊，没有了心理包袱，他们也放松起来，开始不着边际地风花雪月。因为入夜，咖啡馆里的人多了起来，气氛逐渐活跃，吴邪的精神头也起来了，说着说着，就扯到了沙漠上。

吴邪说自己是非常喜欢沙漠的，中国的几大沙漠他都去过，在2007年的年末，他有一次沙漠中游历的经历。那时候他混在国家博物馆遥感与航空摄影考古中心，在阿拉善盟有一次联合考古的活动，范围在巴丹吉林沙漠。那是一次特别有意思的旅行，沙漠虽然没有人烟，但却是摄影师的天堂。那种浑然天成的气氛使得随便什么往那里一摆都特别有味道。当时中心的负责人说了这么一句，"沙漠让男孩变成男人，让女人变成女孩"，吴邪说，他觉得这句话妙极了。

他当时全程跟随，几乎在沙海里来回跑了一千多公里，大部分时间是自己深一脚浅一脚踩出来的。来回走了四五个古城遗址，拍了两千多张照片，两个多月时间里，耳边没有任何喧嚣和浮欲。那种感觉，好像整个人被倒拎过来洗过一样，每个毛孔都是干净的。

当然，这种感觉一回到城市就立即消失了，两个多月才净化完毕的身体，只用了几个小时就被重新污染，不得不说城市凶猛。

聊起这段经历让吴邪很开心，他滔滔不绝地说了很多。聚会持续到傍晚七点多，之后大家各自散去。这个时候，吴邪没有想到的事情发生了。

当时决定如何拼车回家：出版商有辆宝马7系，可以送美女作家直接回宾馆；两个老头和记者准备去泡吧；而吴邪聊了一天有点困顿，就沿着江南河准备走回家，让冷风吹吹自己的面火。

冬季天短，黑得早，此时江南河边上还算寂静，他安静地走了几步，忽然听到身后有人叫他。

"关老师。"

他回头一看，竟然是那个蓝庭。

"怎么，你老板的车坏了？"吴邪半诧异半开玩笑地问道。

她迎着风很无奈地笑了笑，有点羞涩地道："不是，我不想坐车，我想跟你一起走一段路，可以吗？"

蓝庭个子相当高，几乎和他差不多，路灯下一袭长衣感觉有一丝单薄，颇有几分楚楚动人。吴邪抬眼看了看身后，出版商的宝马已经启动开走了。

如果是大学时的纯真年代，吴邪大概会以为自己命犯桃花了，但是经历得多了，就知道这种小说中的情节肯定是不靠谱的。能推理出来的，大概是她确实不想坐车，同时与会的几个人中可能看他最无害，于是找他一起逛逛。

但是事情接下来的发展，证明吴邪的想象力还是太匮乏了。

"听你刚才说，你在沙漠里待了很长时间？"蓝庭很主动地问起。

吴邪点头道："相对较长，有两三个月，而且比较纯粹。我们走的是无人区，不是那种旅游路线，所以感觉挺值得的。"

她迟疑了一下，道："你说的那个巴丹吉林，就是我采风的地方，我在那里待了三个星期，所以你说的那些事情，我听着都挺怀念的。只是，听我们导游说，那也只能算个小沙漠。"

吴邪暗笑，想起当时他们有一队人走失之后的惊慌。四万九千平方公里，我国第三大沙漠，对于塔克拉玛干这种巨大的沙海来说，确实太小了，但是对于个人来说，已经足够大了。

她继续问道："你们在巴丹吉林，有没有去一个叫古潼京的地方？"

吴邪略微诧异了一下，没想到她竟然会问到这个地名。

在巴丹吉林，他三番五次听到别人提过那个地方，那是一个在当地传得有点神神道道的地方，位于巴丹吉林的无人区。当地人对于这地方唯一的解释，就是最好不要去，那地方和其他地方不一样。但是为何有这种说法，谁也不知道。

这种讳莫如深并不是故弄玄虚，这应该是从古代就流传下来的一种习惯。一般，对于干考古的人来说，这种习惯是应该尊崇的。所以他们并没有去古潼京，反正那一次考察发现的东西已经足够撑起下一次考察的课题。

吴邪摇头，苦笑道："惭愧，当时我们的计划里没有那个地方，虽然我们中有人想去看一看，不过我们的向导并不想带我们去那里，不知道是什么原因。"

"你们的向导拒绝了你们的要求？"

"是的，你知道我们走的是无人区，向导不同于一般的旅行社导游，是当地探险俱乐部的领队，在旅行过程中，他的权力是最大的，他说这地方不能去，我们无法反驳。"

蓝庭吸了口气，看着吴邪轻声道："你们真幸运，雇了个好向导。"

他惊讶地看向她，听出了言外之意："难道，你去了那个地方？"

她点头，又顿了顿，停了脚步看着吴邪："关老师，我听很多朋友提起过你，说你够稳重，靠得住，而且对摄影很懂行。有件事情我一直想找个人问问，但是又不想让其他人知道，这件事情对我很重要，我信得过你吗？"

吴邪有点莫名其妙，木讷地点头："出了什么事情？"

她迟疑了一下，才道："我在古潼京遇到了一些奇怪的事情。"

第十章

● 吴邪的故事（二）

吴邪告诉黎簇，大学时哲学老师曾经和他说过这么一句话："世界上的任何事情都不会永恒不变，唯一永恒不变的东西就是'变化'"。当时吴邪并没有理解这句话的现实意义，但是踏上社会之后的他，在变迁中很快就发现那是无比正确的。

所有的一切都在变化中，大部分的事情你只能猜测而无法预测，就比如吴邪遇到蓝庭的情形。他一直以为他和她只会是普通的合作关系，但是没想到会出现这种让人讶异的局面。

吴邪开始搞不明白蓝庭到底是什么意思，他们偶然因为一个企划见面，这虽然不是第一次见面，但是应该算是第一次正式的见面。接着交谈然后散会，她忽然找到他，告诉他她也去过他曾到过的沙漠，并遇到了一些奇怪的事情。

这听上去有点像悬疑小说的开头，难道她在测试她小说的开头有没有吸引力吗？外带一个善意的玩笑？

但是吴邪看着她的表情，发现她是很认真的。

学习过摄影的人，对于人的表情有一种特别的直觉，因为摄影的技术到了一定的层次，镜头所捕捉的东西是深入内部的。永垂不朽的摄影作品，拍摄的往往是人的灵魂。所以他能够感觉到她的眼中没有一点戏谑。

"是什么事情？"吴邪问道，"我是个拍照的，不是沙漠专家，不知道我能不能帮到你。"

她继续往前走："就是因为这样我才找你。"

"哦？"他愣了愣，"是摄影上的问题？"

她有点勉强地一笑："我也希望只是摄影上的问题……你现在有时间帮我看一下吗？我们再找个可以说话的地方。"

吴邪看了看表，虽然他很困顿，不过对于自己的摄影技术还是相当自负的，有人问起他还是有点虚荣心想卖弄一下。

于是他笑了笑就点头了。

对方也笑了一下："太好了，我们走吧，我记得前面有个茶吧，我和你说说经过。"

他们一路过去，茶吧的老板是个矮胖的中年人，似乎认识蓝庭，在递给他们茶单的时候，夹了一本她的书，名字叫《塌陷之海》，她很熟练地签名并且给予了一个微笑。

很自然，看得出她很习惯这种善意的打扰。

吴邪见过很多很牛的人，虽然他理解一个人很牛之后会经历无法忍受的各种骚扰，最后会使得他们对于任何骚扰都能带着公式化的笑容；但是蓝庭的笑容还是让他了一呆，因为那种笑非常柔和，看不到一丝的棱角。

接着吴邪看着她从包里拿出了一个信封，将信封里的照片倒在了桌子上。

照片特别多，他拿起来看，发现是用入门级的单反拍的。显然照片的拍摄者是个新手，不过取景还算不错，大部分是沙漠背景。

在他翻阅照片的时候，蓝庭简短地给他说了她进入沙漠的经过。小说家说话的方式和其他人不同，即使是随便说说，也很有意思，她说得吴邪一下就感觉手里的照片仿佛活了起来。

和吴邪不同，蓝庭进入沙漠，单纯是一次驴友活动，去的景点是经过预先设计的。虽然看似进入了渺无人烟的荒郊野外，但都是在人力可以控制的范围之内，并且确保路虎救援能在四个小时内到达。

这样的活动出事故的概率很低，一般的事故都是因为队员体力上的问题。有些女孩子体力过弱，在长途跋涉的时候容易脱水，没有挨到医院就内脏衰竭了。不过，现在的领队越来越专业，一般队伍里都配有医护员，所以这种情况已经十分少见了。

另一种情况就是领队"加塞儿"，在中途临时提出去一些没有被规划过的地方，以此赚取外快，蓝庭那一次就是遇到了这种情况。

她的驴友队伍规格很高，吴邪看他们合影的时候，其中有一个是山东卫视的主持人，还有一个插画家。看得出蓝庭和那个插画家的关系不错，很多照片是她们两个人合照的。

"这是叨叨，是我最好的朋友。"她在吴邪旁边解释道。

蓝庭说，他们在旅行的中段有过一次聚餐，是在巴丹吉林西面大概二十公里的一个叫"驴香巴拉"的废村中。"驴香巴拉"的意思是驴友的香格里拉，那是基本上每个旅行者都会经过、休整的地方，虽然远不如香巴拉那么神秘幽美，但是总比死气沉沉的沙漠要有生气一些。

他们在那里碰上了一支队伍，那支队伍显得失魂落魄，一问才知道那支队伍是刚从古潼京回来的。在说起这件事之后，他们的向导才问他们要不要去古潼京看一看。

这群人年轻、大胆、奔放，又因为旅行才到中段，大家都还没疲劳，所以一致同意了。古潼京离那个地方只有七公里，他们第二天只花了两个小时就到了，但是只在那里待了十五分钟。因为那个地方确实让人感觉很不好。

在蓝庭的回忆中，她在靠近古潼京的过程中就不由自主地心悸和紧张。她无法解释这种感觉，就好像是她身体中的某些本能在害怕一样。到了古潼京的深处，她有强烈的不适感，这种感觉好比中暑，恍恍惚惚的，所以最后只是草草拍了一些照片就回来了。

那几张照片没有什么问题，只是几座低矮的岩山，被沙漠的风蚀效果吹出螺旋一样的纹路，四周是连绵的沙丘，线条柔美得犹如维纳斯的背脊。吴邪看过古潼京的照片，知道这应该就是在古潼京的区域内了，只不过没有想到那里的岩山原来分布得那么稀疏。从蓝庭给的照片上他也看不出这地方到底有什么特别的。

蓝庭告诉吴邪，当天晚上她做了很多乱七八糟的噩梦，后来她有过很多猜测，是不是那里的风景给人一些不好的暗示，或者说因为当地的一些传说影响了他们，但是又好像都说不通。不过能肯定的是，这地方真的很邪门儿，而且她相信并不是她一个人有这种感觉，她很清晰地看到，在古潼京时，所有人的脸色都是异样的。

之后的旅途冲淡了当时的不安，慢慢地大家也没有将这种奇怪的感觉放在心上，直到蓝庭回到家里，把照片全部洗了出来，才发现了问题。

蓝庭说到这里的时候，又给了吴邪一沓照片："这些都是我从古潼京回来之后拍的照片，你对比着看一下，看和之前的照片比有什么变化。"

茶吧中的灯光有些灰暗，吴邪逆着灯光看去。

说实话，他一开始还真没看出这些照片有什么问题，因为就摄影的原理来说，这些照片本身是没有任何问题的，也许在拍摄手法和表达上有些幼稚，但是，那不是"问题"，而是"缺点"。

他把两沓照片进行了一次又一次比对，最后才发现，问题不在照片本身，而在照片的内容上。

他们从古潼京回来后拍的照片上，少了一个人。

第十一章 ● 吴邪的故事（三）

发现照片上少了一个人，对于他来说很不容易，因为大部分照片是在篝火晚会时拍的，人又多又混乱。吴邪之所以能发现这一点，是因为之前蓝庭让他看的那一沓照片中，大量的照片都是和另外一个女人一起拍的，但是在这一沓照片中，竟然一张都没有。

"那个插画家怎么不见了，"他问道，"那个叨什么？"

"叨叨。"

"对，她怎么不见了，她中途退出了？"他看着蓝庭问道，心里有种不好的感觉，觉得该不是他们的旅途中有人出了事吧。不过照片上她都笑得很灿烂，如果她最好的朋友出了事她还能笑成这样，他就要重新考虑她的人格了。

蓝庭咬了咬下唇，道："她没离开，她就在我们队伍里。"

他看了看照片，做了一个无法理解的手势。

蓝庭道："或者，说得更准确一点，她就在这些照片上——"

他继续看着她："这里没有她。"

"有她，大部分的照片上有她，她是一个很喜欢拍照的人，我拍这些照片的时候，有好几次是以她为焦点的。

吴邪忽然有点明白她想表达什么了，但是他不敢相信，看着她，等她说下去。

她继续道："但是，等我洗出这些照片之后，我发现，她竟然没有出现在照片上，甚至那些我绝对可以肯定是为她而拍的照片上，都没有她。"

吴邪吸了口凉气，看了看那些照片，第一时间思考的不是这可不可能，而是她是不是在玩自己。

经常听说写悬疑小说的作者会把自己也写得神经，难道蓝庭赶稿已经赶得崩溃，分不清楚现实和幻想的区别了？

但是他看着她的眼睛，看不出一丝迷乱。

"会不会是你弄错了，你的朋友有意回避了镜头？我以前看过一本小说，其中有一个人的朋友失踪了，等他想找一张那个朋友的照片做寻人启事的时候，却发现这个人从来没有留下过正面的影像，在所有照片上，那个朋友都有意地回避或者只露侧脸。"吴邪说道，他只能尽量先让自己相信这是真的而避免自己想要离开的冲动，"最后他们发现，那个朋友其实是一个特工，受过这种躲避拍摄的训练。"

"那本小说就是我写的。"蓝庭看着他，"那只是小说，而且这里不是侧脸就行的，要完全回避掉所有的镜头是相当难的。"

"但是……"

蓝庭忽然做了个手势："老关，我知道你不相信，我和你说这些，也不是希望你相信，我只是想问问你，在摄影上，在什么情况下会出现这种现象。"

吴邪想说的是做梦的时候，但还是忍住了，想了想，心说算了，他就奉陪到底吧，正色道："你那个朋友，她本人正常吗？你能看到她？"

"当然。"她点头，"否则我会先疯掉。"

"那当时在一起的其他队员呢，你有问过他们吗？他们当时是否都看到了叨叨？"

蓝庭很冷静地说："我问过，但是他们对那天晚上的印象都很模糊了，没有人能肯定当天夜里叨叨和我们在一起。这也是让我很诧异的地方。"

吴邪想了一下，道："理论上，相机照相和人眼的成像是一种原理，所以，人眼能看到的东西，用相机也应该能拍到。人的影像产生是因为光线照射到人身上然后反射到了感光器械中，要让一个人在照片上看不到，就必须单独使得这个人身上的反光无法在照片上曝光。"

蓝庭眼睛一亮："就是说有可能？"

吴邪微微摇头："某些特种镜头能做到这一点，比如说，有段时间闹得沸沸扬扬的透视相机。但是这种镜头不太可能达到穿透人体的效果，因为穿透衣服只是穿透一层单纯的棉织物，而人体是很复杂的，包括骨骼、皮肤、脂肪、肌肉。如果能穿透人体，那么，人身后的背景、书、椅子、沙子什么的，同样也能穿透，那就什么都不可能拍出来了。何况镜头是无差别的，如果你的朋友拍不出来，其他人也一定拍不出来。"他斩钉截铁地和她说道，"所以，你说的这种现象，在物理学上是不可能成立的。"

她的眼睛一下子黯淡了下来，叹了口气，但没有表现得太过失望。

吴邪继续道："这些照片看上去很正常，没有一点问题，我觉得不可能是被人动了手脚。如果你非要说上面少了一个本该存在的人，那只有用灵学来解释了，那就更不可思议了。而且，你也说了当时在场的其他人没有人能肯定叨叨就在现场，所以这件事情只可能是你弄错了。"

她把头发别到耳后，抿了一口茶道："真的没有任何能产生这种效果的可能，哪怕非常复杂？"

吴邪摇头："一定是你弄错了。"

她苦笑："我也希望是我弄错了，但这事情是我亲身经历的，不是你说弄错了我就能骗过自己的。"

吴邪忽然有种被戏弄的感觉，甚至有点恼怒。他看着一脸认真的蓝庭，想着要怎么摆脱这件事情。

蓝庭继续说着："关老师，你也别琢磨了，就当我说了个笑话，不过希望你能再帮我个忙，你能不能帮我联系你的朋友，我想再去一次巴丹吉林。"

吴邪皱起眉头："再去一次？"

"再等一个驴友团太花时间了，你刚才说你在那边的关系很好，我想你应该能介绍几个可靠的人带我进去。我要回古潼京，叩叩在那里做过的事情，我都做过，没有理由她出事我却没出事，只有一件事情，她做了我没有做。在古潼京有一座石头山，非常陡峭，我们都不敢上去，只有叩叩一个人爬上去了，所以，让叩叩变成这样很可能和那座石头山有关系，我这次也要爬到那个石头山上看看，到底上面有什么东西，让叩叩出这种问题。"

吴邪觉得十分不靠谱，她竟然为了这么一件莫名其妙的事情，郑重其事地向自己请求帮助。吴邪犹豫了一下，鼓起勇气道："蓝小姐，我觉得，你最好去看一下心理医生，长期的写作会导致判断失常，我经历过这种过程，我觉得你有点入魔了。"

本以为蓝庭会生气，结果她只是叹了口气，好像一下子失去了和吴邪交谈的兴趣，脸色有些苍白。吴邪看着她收拾起那些照片，然后用很轻的声音道："谢谢你关老师，对不起耽搁了你的时间。"说着就要起身离开。

吴邪有点不放心，问道："需不需要我送你回去？"

蓝庭摇头，似乎心思已不在他这里了。吴邪想了想，追问道："对了，你干吗不直接去问叩叩她到底看到了什么，何必要自己再进沙漠？"

蓝庭头也不回地走出茶馆，道："已经不可能了。"

第十二章

●

吴邪的故事（四）

回到家里，吴邪把整件事情回想了一遍，总觉得十分不妥。

他想起当时为了前往巴丹吉林搜索过的资料，那些资料里只有一本法国的摄影杂志在1998年某期上登过一张古潼京的照片，那里是岩山错落的沙漠低洼地区，看不出有什么恐怖之处。不过，在照片的附文中，提到古潼京给人一种特别奇怪的感觉。在法文中有一个词语形容那种感觉很贴切，但是翻译成中文就很难找到对应的词，大概意思就是，在那个地方，你的思维会改变，感觉到一些平常感觉不到的东西。让人悚然的是，拍摄这张照片的摄影师在三年后自杀了。当然，摄影师自杀在行内和诗人自杀一样平常，没有理由把这件事情对号入座地与古潼京的传言扯在一起。

吴邪前三十年的人生经验告诉他，这种事情一般都是恶作剧，所以他认定这件事是假的。但是他看蓝庭的表情又不像是在戏弄人，最有可能的情况是，她的精神状态出现了异常。

这种事情他并不是第一次碰到了，吴邪有一个朋友就是一个例子，他是写小说的，后来得了抑郁症，写小说这种事情很容易让人走火入魔。

吴邪想给出版商打个电话告诉他这件事情，毕竟既得利益方是他，但是一想，他答应过蓝庭不把这件事情告诉其他人，就把电话放下了。可是左思右想，他还是不放心。

这件事情，他必须让她身边的人注意起来，这个人应该和她关系很好，能够关心她，而且知道了这个秘密也不会让蓝庭觉得难堪。但是，他对蓝庭并不熟悉，找谁呢？

吴邪想起了叨叨。

作为蓝庭这个离奇故事的女主角，她既是蓝庭的好友，那次沙漠之旅她们又是同行，非常合适。

吴邪之所以能在照片上认出她，是因为她也算是个有名的插画师，所以找到她并不难。于是，吴邪去找他的朋友要叨叨的电话。

但是等到他向他朋友问起那个名字时，他的朋友却回以沉默。

"你找她做什么？"他朋友迟疑地问他，"她的号码我一个礼拜前就删了。"

吴邪只好把事情的来龙去脉简单说了一遍，他朋友就叹了口气："老关，你是真不知道还是假不知道？这种事情最好不要开玩笑。"

"怎么了？"吴邪忽然意识到不对。

"她自杀了，就在一个礼拜前。"

"自杀了？"

"自杀了，一个礼拜前在她的公寓，我以为你平时会看新闻的。"

吴邪哑然，听对方的声音一点也不像开玩笑。他意识到这是真的。

"世界上有很多不同的人，他们对于事物的反应很不一样，他不知道其他人能不能够接受这种事情，但是他自己是绝对无法接受的。既然这件事情真实发生了，那么他不能当成不存在。"吴邪看着黎簇说，"所以，我在网上搜了叨叨的新闻。她真的在自己的公寓里自杀了，而且新闻铺天盖地。新闻照片上她自杀的房间墙壁上贴满了照片，那些让我很在意。我也搜索了古潼京的一些东西，但都没有和这件事情类似的信息。而关于相机不能拍到人像的事件，也只有一个，但那是相机坏掉导致的。"

"那蓝庭后来怎么样了？"黎簇听得入神。

吴邪叹了口气："原本我想再约她聊一聊，结果她那天夜里就订了飞机票，第二天一早就离开了。后来听说她去内蒙古待了两周，回来之后也自杀了。"

黎簇咽了一口唾沫："这也太邪门儿了吧，难道她去了之后也不能被拍进照片上，然后和叨叨一样自杀了？"他看着吴邪，发现他一脸凝重，觉得那表情不像是装出来的。他是因为蓝庭的自杀而感到内疚吗？

"如果只是这个原因，像蓝庭那样能够毅然决然地进入沙漠寻找真相的人，是不可能轻易自杀的，所以我推测她有可能是遇到了更可怕的东西。原本我想带着相机去证实一下，但在她的葬礼上并没有看到她的遗体，所以也无从知晓她究竟是不是和叨叨一样。但她死前在遗嘱里有交代，托人给了我很多照片——从古潼京拍回来的照片。在那些照片上，有一个奇怪的东西。"

说着吴邪掏出一张照片，递给黎簇。

黎簇低头去看，背后的疼痛似乎都感觉不到了，他看到那是在沙漠中孤零零的一块巨大的石头。

"这是一块石头。"他想起吴邪的故事中，蓝庭提到过，叨叨在古潼京曾经爬上过一块石头。

"你和我想的一样，这应该是蓝庭提过的那块石头，她回去一定也是去找它的。"吴邪叹了口气，"我应该跟她去的，如果我跟她去了，我绝对不会让她爬到这块石头上去。"

"为什么，你知道这是什么石头？"

"这不是石头，"吴邪道，"是一座古代大型陵墓地面部分的遗迹。而且，它应该还不是一座普通的陵墓，而是一座世界上罕见的，恐怕是世界上唯一的一座这种类型的陵墓。"

吴邪欲言又止，显然没有把所有的话都讲清楚，但黎簇不敢追问，到底这种类型的陵墓是哪种类型的陵墓。他看着吴邪忽然开始清理桌子，并问他："想不想知道得更详细？"

黎簇点头，吴邪道："我对这座陵墓非常好奇，于是，我对那边的一些历史资料进行了研究，结果发现了一些很奇怪的巧合，你来看。"

第十三章 • 合作

　　吴邪把桌子上的东西整理了一下，在桌子的中心摆了一个硬币："这是西夏的黑水城。"又摆了一包烟在边上，"这就是蓝庭去的大概位置。你有没有发现什么？"

　　黎簇比画了一下："很近啊。"

　　"黑水城是古丝绸之路上的著名古城，后来在隋代，一夜之间被风沙掩埋，从此消失，不见踪影。之后在1909年被俄罗斯盗墓贼发现挖掘，洗劫一空。"吴邪道，"但是，世人普遍认为，黑水城真正的财富尚未被发现。隋代之前，黑水城是边关要塞，在四周死了无数人。黑水城在历史上有好几个鼎盛时期。党项时期，当时守城的蒙古族积攒了巨额的财富，城池的统治者被中原大军围困，断绝水源之后突围逃入沙漠。但是中原大军进入黑水城后，没有发现任何财宝。有人怀疑党项时期黑水城里的所有财富，都被这批蒙古人带入了巴丹吉林沙漠。于是，中原部队带人追入沙

漠，一路跟着足迹，追到了一个叫作古潼京的地方。"

黎簇听得呆了，他心里已经大概搭建起所有细节和最后的结论。不管他信还是不信，吴邪的叙述必然是精彩的。

"他们发现了蒙古残兵的盔甲和武器，全部散落在沙子上，但是人全都消失了，没有血迹，没有任何搏斗的痕迹，只剩下这些衣服和武器。"吴邪说道。

黎簇"哦"了一声，顿了顿："那你的结论是什么？"

吴邪叹了口气，重新点起一根烟来，吸了一口："按照这个传说，这批蒙古人当时肯定就在沙漠里的某个地方。这些财宝被他们带走之后，肯定不能一直带着，必然会藏在沙漠的某处，而且一定在古潼京附近。"他笑了笑，"如果古潼京有一个隐蔽的古代皇陵废墟，那实在是隐藏这些东西的最好地点。这种信息对于我这么一个做古董交易的人来说，真的是求之不得。所以，我就派我手下的队伍，前往沙漠里查探。四个月，他们终于找到了照片上的地方，但是，却什么都没有发现。得到的唯一线索，"吴邪指了指黎簇的后背，"就是这张图。他们在古潼京外沿一个石窟庙宇的废墟里，发现了一座佛像，但是这座佛像身上的服装有很多古蒙古的特征。在佛像的背后，他们发现了这张图以文身的形式画在了它的背上。"

黎簇听梁湾说过，他们是在一具古尸的背上看到这张图的，没有想到竟然是骗人的，后面的故事居然那么庞大。"不是隋朝古尸背上的吗？"

"那是王盟瞎掰的。"吴邪道，"你也知道，我当时派出去的负责人叫黄严，当时我自己已经放弃了从那个地方得到什么东西的希望，回来的那些人，精神上似乎都出了点问题，特别是那个黄严，他非常坚决地认为这张图和古潼京有什么关系，疯狂地想去解开这张图的奥秘。后来我几乎无法了解他的踪迹，不知道他在做什么。但是，我又犯了一个错误，我没有去理会这件事情，之后，就发生了你背上的事情。"

"那他到底是出了什么事情？"黎簇道，"他怎么死了？"

"他是被人做掉的。"吴邪点了点烟灰，"我不知道他是怎么死的，但是他临死之前把他发现的线索，全部刻在了你的背上。这件事情背后一定很复杂，我估计你背后的这张图能够告诉我们，那些蒙古人带出来的财富到底在哪里。所以如果把你留在这里，也许会很危险。你跟着我们去沙漠，不管我们能否找到那些东西，我都会宣称我们已经得手了。这样，你就没有了利用价值，也就安全了。”

黎簇摸了摸脸，不可否认，吴邪说得真的很有道理，但是他还是觉得不妥当，内心有一股欲望让他想跑。这个时候他才意识到自己是很懦弱的，自己其实不是不会判断形势——他现在只能答应，但是他还是本能地想逃避。

“老板，说实话你真的已经很有诚意了，但是反而正是因为这些诚意让我觉得不安啊。我觉得这里面有陷阱，你们这个行业的人，不可能这么真诚。”而且去古潼京那么危险，还有可能会疯掉，谁会愿意去啊！黎簇不敢直接说，在心里默默嘀咕。

“在生意场上是不可能的，但是这些事情，说出来也没有人相信。你现在觉得自己相信了，回去休息一下，又会觉得我是扯淡。但你背上的图是确实存在的，危险也确实存在。”吴邪看了看手表，“我已经把我能告诉你的都告诉你了，三天后，我会去医院接你。现在大家都客客气气的，我也信任你。但是你别耍我，如果你对不起我了，我会变成另外一个人，到那个时候，你跑也没有用，随便你去哪里我都能找到你。”

黎簇听着电梯的门合上，知道那批人真的下去了，这才松了口气。

“快开门！老娘要被憋死了。”梁湾在里面大叫。黎簇把她放出来，她直接就冲向厕所。

黎簇捧着脸慢慢让自己放松再放松。他咬着牙有气无力，心说：天哪，我到底是造了哪门子的孽啊。我是不是已经疯了？黄严一板砖已经把我拍成了脑残，我自己不知道，活在了幻觉里？

这些事情怎么可能发生在我身上？巴丹吉林沙漠，老子连听都没有听说过这个狗屁地方。巴你的粑粑，丹你的嗲嗲啊。

梁湾问他是怎么回事，他也没有力气说细节，只是大概说了说情况。吴邪一走，他内心的恐惧如在宣纸上泼墨般不停蔓延，他心中的天平立即倒向退缩的一方，怎么想怎么不对。

吴邪预料得非常准，黎簇回忆了吴邪的故事，越想越觉得是他编的。而且他实在觉得，这些人带自己去沙漠，一定有其他的企图。吴邪一走，他几乎是立即就做了决定："姐姐，我得马上去外地躲躲，这帮人脑子有问题。你能不能借我点钱啊？"

梁湾却没有理他，而是马上去看他的伤口，检查刚才有没有疏忽的地方。她盯着黎簇的后背若有所思，黎簇叫了几声她才反应过来，说道："你准备躲到什么地方去？"

"不知道，买票随便上一辆车，去西藏，去苗寨，哪儿偏僻去哪儿，反正我要躲到一个他们找不到我的地方。"

"我劝你还是不要动这个脑筋了，"梁湾摸着他的伤口，缓缓地说，"你绝对逃不出他的手掌心。"

"为什么？"

"他在你背上留了一张照片。你可能太疼了，没有感觉到。"

黎簇努力抬起头，把照片接了过来，他几乎立即就叫了出来，也不知道是因为疼还是因为看到了照片。

那是一张黎簇一家人的合照。照片是在后海拍的，照片上的他还小，当时他的父母也还没有离婚，三个人特别亲密地站在一起。

"这是你的父母吧？"梁湾问道。

"是。他这是什么意思？他怎么会有这张照片？"

"这是告诉你，如果你到处乱跑，最好带着你的父母一起。否则，你自己跑了，他们会代替你倒霉的。"

黎簇看着照片，五脏六腑冷成了一片，不知道如何是好。

他可能带着父母一起跑吗？不可能！不要说他强悍的父亲不可能听他的，他的母亲现在也有自己的生活，他要怎么去告诉他们这件事情？而且这件事情那么扯淡，他们不可能会相信，就如同小时候一样，如果他们重视自己，相信自己，也不至于会走到离婚这一步。

他呆呆地看着照片，叹了口气，把照片捏紧到自己的手心。

他并不是做了决定，而是发现，自己只能什么决定也不做，等着看事情如何发展。

很久以前，我的爷爷总是告诉我，必须了解人的"动机"，他称之为最开始时的目的。我有一段时间一直把动机和最终目的混淆，后来我才明白，动机来自开始，而目的往往是最后，且目的这种东西，在事情的发展过程中，一直在变化，有的时候，目的甚至会走向最开始的反面。

——吴邪

第十四章

●

启程

　　两天后，第二次进入医院换药住院的黎簇才再次看到了梁湾。因为她带着黎簇出院的事情暴露了，吃了批评，黎簇被分到了另外一个医生手里。这是一个戴着眼镜、不苟言笑的严肃医生。黎簇一向讨厌这样的人，但是一想到自己背上的伤还得靠他，他要是想整自己就能把自己整死，就没有造次。

　　黎簇和梁湾仍然没有报警。黎簇曾好几次拿起电话，但是都放下了。他想到对方离开的时候甚至连威胁他们不要报警的话都没有说，显然极度有恃无恐。他想尝试着和他的父亲说这件事情，但是没有想到的是，他的父亲竟然一直没有回家。而他的母亲，他实在不想去麻烦她的另一个家庭。

　　最大的诱惑还是那二十二万元钱。

　　黎簇并没有动从那张支票里取出来的钱，而是把它留在了苏万那里。

这是一个很大的数目，他用牛皮纸包住钱，放在一个包里给他，想着说不定之后还需要用这笔钱让苏万把自己赎回来。若是真的没办法回来，苏万也好给他家里人一个交代。苏万看到这些钱傻了眼，"富二代"对于黎簇这样的人突然有了那么多钱是恐惧的，以为他抢了银行或者卖了肾什么的。黎簇也没有多解释什么，他真的想留下一些信息给苏万，如果自己回不来了至少有个交代，但是他最终只留了一封信给梁湾。他不想连累苏万，万一对方真的穷凶极恶，他不想自己的好朋友有事。

这一次黎簇见到梁湾，她是带着水果来的，好像是来看望病人的。黎簇见她先探头进来，发现没有护士和医生，才偷偷钻进来，把门带上。

她手里提着的是几根香蕉，成色也不好的样子。她也没递给黎簇，直接把香蕉放到一边，就对黎簇说道："我有一个好消息和一个坏消息。"

"呵呵。"黎簇面无表情地笑笑，表示淡然，心说我现在心如止水，随便你怎么说，"我好像已经和你没有关系了。"

梁湾道："好消息就是，我知道你背上的图案是什么东西了。"

"哦，是什么？"黎簇面无表情地问。

"你还是先听坏消息吧。"梁湾道，"那个吴老板好像还不知道你已经转医生了，刚才派人送了东西到我这里，我把东西给你拿过来了。"

黎簇看了看那串香蕉："就是这个？你帮我谢谢他，然后塞一个进他屁眼里。"

"不是，你能别那么粗鲁吗？"梁湾从包里掏出一个信封，"你拿去看吧。"

黎簇把信封里的东西倒在自己的被子上。里面的东西很琐碎，他先是拿起一张证件一样的东西，看了看封面，发现那是一张考察证。翻开后，里面竟然是他的登记照。

姓名：黎簇。

年龄：27岁。

身份：随队摄影师。

二十七岁？他摸了摸自己的下巴，二十七岁，自己像二十七岁的人吗？随队摄影师是什么东西？

他继续翻，发现那张证件下面还有一张比这一张更小的证件，是他的摄影师从业资格证。还有一些证明文件、体检表格、驾照、一捆一百元的现金（大概有三千元钱，竟然还有钱）、一张机票以及一张假的身份证和一个用橡皮筋捆着的文件夹。

他把其他的文件都拨弄到一边，把文件夹上的橡皮筋扯开，发现文件夹里的东西全都是关于一支探险队的说明文件。里面有人员的介绍、线路图、地图、气温变化表、注意事项等很多很多东西。

最后的一张纸是集合通知：明天下午三点，在北京首都机场T3航站楼10号门门口集合。

他放下这些东西，看着梁湾，忽然觉得，这事情还真是有点意思。

"我明天能出院吗？"他问道。

梁湾摇头，又道："不过你放心，送这个东西来的人和我说，我必须准时把你送到机场集合，否则就弄死我，所以我会想办法把你搞出去的。"

梁湾所说的方法，就是半夜偷偷溜出去。当天晚上，梁湾支开了值班护士，黎簇忍着背上的剧痛换上衣服逃出了医院，在梁湾家的沙发上凑合了一晚，第二天下午，他随便在超市里买了几条内裤就来到了北京首都机场T3航站楼。

黎簇看到了很多的大铝合金箱子堆在推车上，10号门前已经聚集了十几个人，吴老板就在其中，身边跟着那个叫王盟的人。而那天晚上的其他壮汉黎簇倒是没有看到。

梁湾目送他下车后就走了，机场送机的人特别多，车位都排满了，没法停车。黎簇手里提着一个装着内裤的塑料袋走了过去。

吴老板和王盟看着黎簇，一直等他走到他们面前，吴邪点上一支烟，递给他："飞机上不能抽，要不要来一根？"

黎簇摇了摇头，心说别想用一根烟就装成什么事情都没有发生过啊。

其他在忙碌的人回头问吴邪："老关，这是哪个？"

"摄影师。"吴邪头也不回地说道。

黎簇马上就道："我不是摄影师。"

他是有点想看看，如果不给吴邪面子，吴邪会怎么对待他，或者他们会不会慌乱，这也能让他知道，这支队伍是否全都是吴邪的人，他必须明确之后自己和吴邪在关系上的定位。

按照黎簇的猜想，在场的应该不会全都是吴邪的人，否则他就不必把黎簇的年纪伪装成二十七岁了。

难怪他不想完全用胁迫的方式，原来并不是他能控制的队伍，那你牛什么啊，前几天应该跪下来舔我脚趾求我答应啊。此时黎簇心里颇为得意。

吴邪完全不动声色，只是抽了口烟，对他道："你知道不知道这件事情对我很重要？"

黎簇不说话，吴邪继续道："你要是把这件事情搞砸了，就会毁掉我很多非常非常重要的东西。除非你现在告诉我你不怕死，否则，你最好给我老实一点。我的脾气没前几年那么好了。"

"如果我不能按照我自己的想法说话，那和你是胁迫我的有什么区别？你不是很有诚意的吗？你不是不喜欢暴力吗？"黎簇看着四周的人，忽然有了底气，质问吴邪道。

"你爸爸是不是很久没有回家了？"吴邪突然问道，"你不担心他吗？"

黎簇愣了一下，很快就跳了起来，"你，难道你——"

"不是你想的那样。"吴邪道，"我动了点手脚，你爸爸只是出差了。我这么说只是想告诉你，你家里的情况我一清二楚，别惹我。我说了这件事情对我很重要，我不能冒任何险。我答应过你，如果你配合我们，我们不仅能平安回来，你还能得到相当丰厚的报酬。"吴邪吐了口烟，接着道，"你当时是自愿答应的，如果你当时不答应，我没有理由要求你做任何事情。但是你已经答应了，就要为你的答应负责，否则你等于是来破坏我的事情的。我没有你在身边，最多苦一点，但是如果你来搞破坏，我一定会弄死你泄愤的。所以，你安安静静地待着，就当是一次旅游吧。"

"旅游？"黎簇一下又颓了。

吴邪把脚边的箱子踢到了黎簇跟前："这是你的装备。对，旅游，以前我三叔也是这么忽悠我的。"

第十五章

●

巴丹吉林

　　吉普车飞驰在巴丹吉林边缘的胡杨林中，正值中午，艳阳高照，前方的吉普车扬起的尘土漫天飞舞。

　　巴丹吉林沙漠位于内蒙古西部阿拉善高原，属于高原沙漠，沙丘的流动性特别大，据说绝大部分沙丘属于流动性沙丘，扬沙非常频繁。

　　吴邪、王盟、黎簇和另一个叫马日拉的人同坐一辆吉普车。黎簇觉得这个马日拉的名字，可以有很多种解释，有些解释还颇好玩。

　　一路上，吴邪说一些有的没的，跟黎簇讲一些他应该知道的资料。比如，在这个队伍里，吴邪用的化名叫关根，他伪装成一个旅行作家，而黎簇则是作为他的摄影助手。王盟用的是真名，作为他的生活助手。马日拉则是专门负责和其他人沟通的翻译。马日拉是蒙古族人，会当地的好几种方言。

　　他们从北京出发，飞机落地之后又换乘汽车，一共三辆车，在他们前面的一辆车上，是考古系的几个教授和他们的学生，后面的车上则是考察队合作投资方的人。在三辆车之前，还有一辆当地部队的协助车。四辆车组成的车队已经进入了政府的管辖区，这里是胡杨保护区，其他人不能随意进来。

他们并不会直接开车到达目的地，因为目的地外沿被大量的巨大沙丘包围着。他们需要在前兵站找到骆驼，黎簇之前听那几个当兵的说，骆驼已经准备好了。

王盟一路上给他们念一些基础知识，也不知道他是从网络上的哪个破网页收集来的。他说沙丘高大是巴丹吉林的显著特征，一般高两百至三百米，最高峰乌珠木高达五百二十八米，是世界上沙丘最高大的沙漠。高大的沙丘间分布有一百四十多个内陆小湖，当地人称为海子。海子大部分是咸水，但是也有淡水的，十分少见，这个黎簇百思不得其解。海子的周围有着大量沼泽化草甸和盐生草甸，这些低矮的绿地是重要的放牧点和牧民定居点。

放牧者大部分是额鲁特蒙古族，这是一个相当古老的民族。巴丹是沙漠发现者的名字，巴丹进入该沙漠时共发现六十个海子，吉林是蒙语"六十"的意思，所以后人就以"巴丹吉林"命名此沙漠。

这里的海子是奇迹一般的景观，很多时候，旅行者的视线被沙山所阻挡，所以当翻过沙丘之后，看到被沙山环抱着的海子，水面竟然是碧蓝的，很多人会以为自己看到了海市蜃楼。即使在风沙季节，沙暴中漫天的灰土，沙子环绕着的海子依然晶莹剔透，不会被沙子埋没。

很多人应该都看过微软操作系统中有一张图片，风吹沙飞所形成的沙山连绵起伏，错落有致，在不同色温的光照下，呈现出浅黄、橙黄和火红的色块，斑斓耀眼。而波浪一样流畅的沙纹，在光影的作用下，变幻出各种优美的图案，有的像敦煌的飞天，有的像埃及的金字塔，有的像人影佛面，有的像飞禽走兽，有的具象，有的抽象，仿佛是集各流派的大型画展。其中，腹地中的庙子海、诺尔图及其周围的沙山被认为是最神奇美丽的（这段描写来自网络）。

不过他们要去的那个叫古潼京的地方，好像和这些都没有关系。古潼京据说是一个十分诡异的区域，被当地蒙古族视为"魔鬼生活的地方"。

　　在黎簇看到的资料里，他们此行的目的是考古和地质考察。显然，吴邪让他伪装成摄影师后，他就十分方便混入到这种队伍中。这个人做的这种打算，还是十分精明的。

　　沙漠一望无垠，他不知道是什么命运在等待他。

　　干燥的空气让黎簇背后的伤口瘙痒难耐。自己背上奇怪的图形，盗墓贼混入考察队，吴邪的那些似乎很严重的话，让他时不时地涌起难解的焦虑。

　　他们在七个小时后到达了兵站，在官兵的帮助下，他们组织起了一支骆驼队，当地人加入进来，帮他们引导骆驼。

　　在上了骆驼走入沙丘之中的时候，黎簇憋得无聊死了，第一次鼓起勇气，问了吴邪一个问题。

　　"老板，我听话，聊聊天吧，告诉我个事情，你为什么不自己来，要跟着这支队伍来？"

　　"只是恰好有这么一行人也要到古潼京去，并且他们是去考察的，这能在当地获得相当大的支持。我加入他们的队伍，比我自己单独行动要方便很多。"吴邪说，"我当然能成为他们中的一员，反正我知道的东西比他们多得多，而且我要的东西也和他们不冲突，有个照应多好。"

　　"就这么简单？"

　　"也不尽然，很大程度上，他们要找的东西和我要找的东西，还是有一些联系的。我跟着他们，他们也希望我能够尽量保护他们。我们要去的地方很危险，如果什么都不知道，很容易出事。"

　　黎簇看着吴邪，觉得他说的是真的。这是他的直觉，但是他的理智总是觉得吴邪有所保留。盗墓贼会保护考古队，这可能吗？

　　"我是古董交易人，不是盗墓贼，我不做贼很久了。"吴邪说道，"再多的财富，也买不回我想要的东西。"说着他叹了口气，似乎很沮丧的样子。

那你还那么折腾，黎簇心说，你不做贼你折腾个头啊，早点想通一起回去好了。

"我不是为了钱来的，你未免太小看我了。"吴邪说道，"我找这个地方，是为了其他东西。"

"是什么？"

"心情好了就告诉你。"吴邪看了看黎簇，忽然摸了摸他的后背，疼得他一激灵，"好了，换个话题。"吴邪说道。

"你有计划吗？我不能白拿你的钱，我也可以帮你做点力所能及的事情。否则我整天傻走，不用到古潼京我就会疯掉的。"黎簇确实快无聊死了，这些人走路的时候真的是一句话都不说，一句都不说。

"我的计划……"吴邪想了想，没有说下去，顿了顿才道，"等到了第一宿营地我再告诉你，三言两语是说不清楚的。"说完，吴邪忽然露出了疲倦的表情。

这让黎簇有一丝纳闷，他隐约觉得，这个吴邪看似淡定从容，内心似乎也压着什么东西。当然，以他现在的情况，也没有义务去关心别人的事情。吴邪加快速度，骑着骆驼超越他往前而去，显然是不愿意再和他说话了。

第十六章 · 吴邪的计划

　　黄昏落日，这一片沙漠似乎就是《楚留香传奇》中描写的大沙漠，在日光的笼罩下，沙丘从金黄色变成了沙红色，阴影部分越来越暗淡，连绵的沙丘呈现出非常立体的光影效果。站在高坡眺望，落日和无垠的沙漠给人一种震撼人心的美感。

　　看着这样的景色，即使是最世俗、最不愿意去领略美的人，也会被这种美穿透、感动。

　　黎簇坐在骆驼上，看着前面的人，暂时忘记了发生的一切，沉浸在了这片美景之中。一直等到前面的骆驼停下，前面出现一片绿草围绕的小海子，他才从自己的迷思中醒了过来，意识到自己根本就不知道为什么会来到这里。

　　他回顾了一下，这段时间发生的事情实在太诡异而且太迅速了，他甚至没有机会去好好消化琢磨。在半个月前，他最担心的还是老爹的板子和

老师要找他麻烦的事情，现在，这些反而成了最不值一提的。他先是后背被刀割出像清明上河图一样的伤口，现在又被人逼着到了一个鸟不拉屎的地方。

不对，刚想完他就看到好几只不知道名字的鸟从海子中飞出来，往夕阳的方向飞了过去。这儿还是有鸟拉屎的。

自己怎么就到了这儿了，而且竟然一点也不担心老师会算他旷课。自己旷课的理由多牛啊，被人胁迫了。

要让一个苦难变得不值一提，最好的办法就是承受一个更加可怕的苦难。但是，如果不是亲身经历，所谓大的苦难，对于黎簇来说，简直就是一场刺激的人生历险。

考察队终于停了下来，准备扎营。王盟和那个马口拉显然是苦力，老板吴邪漫步来到海子边上，掬水洗脸，然后在海子边上坐了下来。

黎簇看没有人找他帮忙，也走了过去，学着吴邪的样子洗脸。他背上的伤口特别痒，而海子里的水是淡水，温度又很低。黎簇想着要是没有旁人，他早就脱光了跳下去好好舒服一下了。

但是当务之急还是得继续和这个老板聊聊，聊出感情了，对于之后事情的发展，也会有好的促进的，自己也能通过聊天多了解一些信息，黎簇心里说。

可刚坐到吴邪的边上，吴邪却站了起来，开始脱衣服。很快他就脱了个精光，朝海子里走去。

他一路往下直走到水齐腰的地方，转身对黎簇道："脱光了下来。"

黎簇看了看身后，队伍里还是有女人的，他摇头道："不要，你这有伤风化。"

"你不是想知道我的计划吗？"他用水泼了泼脸，深吸了一口气，"我想告诉你了，你又不想听了？"

黎簇觉得有点无法理解，这人确实是个神经病，聊事情也不需要这么聊吧。

"到底想不想听？"吴邪似乎有些不耐烦了。

黎簇看了看身后的营地，大家似乎没有发现这里的情况，一边在心里暗骂，一边脱了衣服，小心翼翼地走进水里。

　　清凉的水漫上他的身体，干燥的皮肤就像喝醉了一样，瞬间，极度的愉悦涌上心头。他继续往深水走去，一直走到吴邪身边，用水泼了一下脸，顿时觉得自己爽得要晕过去了。

　　在沙漠中的一汪凉水里洗澡，真是人间享受之极致了。

　　他抬眼看了一下吴邪，吴邪把脸上的水抹干净，道：“你先要答应我，我和你说的事情，绝对不能告诉别人。”

　　“那是自然。”黎簇说道，心想这种口头的答应有用吗？我现在这种情况又不可能不答应你，不答应你你绝对不会和我说啊。

　　“这不是随便说说的，”吴邪道，“如果你告诉了其他人，后果只有你自己负责了，到时候可不要怪我。我知道你的身份很尴尬，收了我的钱跟着我过来，但肯定也不是完全心甘情愿的。这趟进沙漠，我会按照我的方式尽可能地保护你，但是你自己作死我就没辙了，最后我自然是要保自己的命。”

　　黎簇点头：“明白，我绝对不说。”

　　吴邪道：“我做任何事情都是有理由的，你以后会知道我的意图。”他顿了顿继续道，“我的计划是跟着这支考察队进入古潼京，然后我会用我的办法，让这支队伍滞留在那里三天到四天时间，这段时间我会跟着黄严当时留下的记号，想办法解读你背上这张图的奥秘。如果我发现了线索，我会借口有事先离开，和他们分开，好去完成我自己的事情。整个过程不需要你的帮助，你只需要随时准备好和我一起离开。不过，有些事情我确实需要先提醒你。”

　　黎簇道：“您说。”

　　“你觉得在现在的队伍里，谁是我最信任的人？”吴邪忽然问他。

　　黎簇愣了愣，心说：怎么突然问我这个，我怎么知道。“王经理吧。”他随口回答道。

吴邪笑了笑："不，是你。"

"是我？"

黎簇心中泛起了嘀咕，心说：你这是干吗，你这是在提高我的忠诚度吗？没有用啊，你这么说我不明白你在想什么，忠诚度更低了。

这种说辞也太牵强了，说白了我是半个人质啊。你怎么可能最信任我？

"帮我盯紧这支队伍里的所有人，我们并不是混到这支队伍里的唯一的居心不良者。"吴邪说道。

黎簇点了点头，心中苦笑，感觉吴邪这个人的脑子确实有点问题。我帮你盯着才怪，我能盯着自己的小命就不错了。

当时他没有太在意这些话，他也没有意识到，为什么吴邪要脱光了在水里和他说这些。

两个人在水里又泡了一会儿，吴邪再没有说话，两个人假装很舒服地洗澡。十几分钟后黎簇实在受不了，就问道："你的计划就是这样？"

"是啊。"

"就这样的计划，你有必要非要到这儿然后信誓旦旦地和我说吗？"黎簇几乎一口血喷出来。

吴邪摇头，叹了口气："并不是长篇大论才重要。"他悄悄说道，"不过，我可以再给你看样东西。"

他们两个人上了岸，吴邪随便甩了甩自己身上的水珠，然后用上衣擦干了下半身，穿上裤子，裸着上身从自己的背包里掏出了一张照片。

"这是……"黎簇接了过来，看了一眼，发现是一张照片，照片上并没有吴邪，只有沙漠风景，"这是什么照片？"

"这是黄严带回来的照片，你仔细看看吧，上面有记号。在我们进入沙漠的过程中，你必须时刻注意这些记号，这有助于我们找到黄严留下的线索。"

黎簇看着照片，那是一个石头搭的破房子，有点像水塔，一半被埋在沙子里了，在那个石头房上，有着033这个数字。这种房子应该是以前沙漠里的哨塔。

黎簇看向吴邪："033是记号？"

吴邪点头，黎簇说道："那记号是按照顺序排列的，后面还有034、035这样的，这是为了表明事情发生的顺序吗？"

吴邪再次点头，黎簇看着照片，皱眉头道："不过，这个记号好大啊，他不怕被其他人看到啊？"

吴邪笑了笑，把照片接了过来："这一点我也觉得奇怪，不知道黄严在那个地方到底遇到了什么，他回来之后有些疯疯癫癫的，这些行为我也无法理解，只能走一步是一步。"

"你相信蓝庭说的是真的？"黎簇又问，"如果是真的，你总应该有什么准备措施，否则我们去了不也是同样的下场？"

吴邪叹了口气，忽然笑道："如果那样就好了，我这个人比较背，绝对会遇到比这更精彩的事情。"

第十七章 · 相机冢

黎簇有无数的问题，还想继续问，但是吴邪显然不想回答了，他说完之后就不说话了，而是坐下来开始抽烟。

黎簇也坐到他身边，思考整理的结果。他刚才最想问的是吴邪对于这件事情的分析，但是，似乎吴邪对于这件事情也没有具体的分析。他感觉到吴邪心中也在纠结什么，这已经是他第二次感觉到了，而且，似乎离古潼京越近，吴邪就表现得越明显。

黎簇自己想理出一个所以然来，至少有一点是可以肯定的，古潼京这个地方，有诡异。那里有着一个似乎有价值的古墓，但是所有去那里的人，回来后都或多或少地出了问题。

所有人都不知道那些发生问题的人在古潼京遭遇了什么，那么，他们进去，会不会也遇到相同的境况？想到这里，他不禁隐隐有些担心，如果不是自己家里人也有可能受牵连，当初他也不会信守承诺真的过来。希望那些都不是真的，他希望自己能平安回家。

正想着，吴邪看了他一眼，奇怪地对他说道："站起来，你坐在这里干什么？"

"我也休息一下。"他结巴道。

"骆驼需要休息，你休息什么？这里风景这么好，去，拍照去。"吴邪说道，"摄影师要有摄影师的样子，别在我旁边烦我。"

"可我不会拍。"

"自己琢磨去。"吴邪说道，"摄影师的工作在这次考察活动中很关键，可别露馅了。"

黎簇怏然离开，回到了自己的骆驼边上，提着铝合金的箱子找了一个隐蔽的地方，把箱子打开。里面是一套看上去相当牛的单反相机，他拿了起来，稍微摆弄了几下，就发现操作其实很简单。他把相机端起来，对着四周的景色，调动焦距拍了几张风景照，发现照片相当漂亮。原来用这样的相机，不用什么技术也能拍出专业级的照片来。

黎簇来了劲儿，爬到一个沙丘上，对着不同的方向不停地变换焦距、转动快门，拍了有几百张照片。忽然，他停了下来。他发现镜头里闪过了一个东西。他放下相机，往那个方向看去，那里只有一片黄沙。

他皱起眉头，因为刚才拍照时镜头转动的速度非常快，切换焦距的速度也很快，所以那只是一个瞬间的感觉。但黎簇相信那并不是幻觉，他立即停了下来，往那个方向看去，但是夕阳已经贴到地平线，在这个光线下远处的东西是看不清楚的。

黎簇重新拿起相机，拉到最大焦距，去寻找刚才一闪而过的东西，但是还是找不到。他想查看相机的SD卡，看刚才的那东西有没有被拍下来。就在这个时候，一边的营地里有人惊呼了一声，他回头看去，就看到一个人在草地里大叫："快来快来，这里有东西。"

其他人都朝大叫那人的方向围了过去，有人问："什么东西这样咋咋呼呼的？"

黎簇也慢慢地爬下沙丘，走到人群聚集的地方，发现原来是他们为了晚上在这里生篝火聚餐而挖掘沙井，但是挖掘的时候刨出了什么东西。

黎簇挤进去，看到被挖开的沙坑中果然有些不一般的东西，大部分都是一片一片像是塑料和金属材质的黑色薄片，此外也有一些彩色的薄片混杂其中。

"什么东西？垃圾？"有人问。

吴邪推开众人，蹲下去，捡起了一片东西看了看，所有人一下就认了出来。

这是一部已经被烧毁的相机。

吴邪接着拨弄那些塑料片和金属片，黎簇惊讶地发现，这里的沙地下面埋了大量的各种型号的被烧毁的相机，有单反，也有卡片机。

"这是怎么回事？"边上的人窃窃私语，"怎么会有这么多被毁掉的相机？"

"挖出来。"吴邪对身后的王盟说，"把所有的东西全部挖出来。"

一共有四十多部相机残骸被挖出来，各种型号都有。等到这些相机被整理完毕，一字排开堆在铺在沙地上的防水布上时，早已完全入夜了。虽然沙漠的晚上特别冷，但考察队众人还是披上外衣围在这些相机边上。

"应该有两到三个旅行团。"吴邪说道，"他们所有的相机全都在这里。他们在经过这里的时候，集体毁掉了自己所有的相机。"

"为什么？难道因为钱多得没处花了？"有一个教授问道。

"不知道，大概是因为他们拍到什么让他们觉得不舒服的东西。"吴邪说道，"我们看看里面的存储卡还有没有可以使用的，就能知道他们是不是拍到了些什么。"

黎簇帮着吴邪把所有的相机残骸都检查了一遍，看是否有完好的储存卡，那些教授对这些事情似乎完全不在行，只是一直在边上看着。

他们最后拆出了六张可能还可以使用的SD卡，插入电脑后，前几张都有问题，只有两张可以被电脑识别。

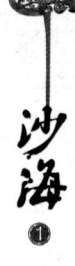

黎簇心里想：这些人如果是想销毁相机，那应该是在一个特别慌乱的状态下，因为如果是特别冷静地只想销毁里面的照片，烧掉SD卡就行了。

但是很快他就发现自己想错了。

在这两张SD卡中，都存有大量的照片，数量之多让人咋舌。大部分是风景照，少有人像摄影。显然这两张SD卡的主人都是专业的摄影师，不是到处拍照留念的普通旅行者。大家静静地看着，忽然，照片上呈现出不同于之前的风景，随队的官兵指着那些照片告诉他们，这些都是古潼京的景色。

果然，这些SD卡的主人都去过古潼京。

黎簇当时就问道："古潼京到底是个什么地方？"

他刚问完，所有的人都看着他，一个学生模样的人说道："你没看过资料？我们要去的地方你竟然不知道？"

吴邪看向黎簇，用揶揄的语气说道："是啊，你竟然会问出这样的问题来。"

黎簇尴尬了片刻，说道："我不是说不知道那是什么地方，我只是感叹一下。"然后他装模作样地重新问了一遍，"古潼京到底是个什么地方啊？"

吴邪拍了拍他，说道："没做好功课就没做好功课，别装，正好教授都在，让教授给你讲讲。"

吴邪说的时候，看向了一个中年人。中年人看上去有五十多岁了，但是身上的肌肉很发达，一点也不像是做学问的人的样子。黎簇记得，资料上写着这个人好像是领队，叫王达明。

王达明的名字听起来像是港台那边的人，但其实他是山东人，似乎是遥感方面的专家。他听到吴邪那么说，就说道："其实对那地方的定义也相当模糊。我只知道，古潼京是由三个海子包围的区域，三个海子呈现'品'字形。而那三个海子总是神出鬼没，就算是现在这个时代，使用卫星也经常找不到，它们好像是有生命的一样。据说清朝的时候有人看到过一次，新中国成立之后，有人在地质勘探的时候，在飞机上看到过一次，并投下了信号旗，但是后来找的时候，只找到了一片沙漠，并没有看到那三个海子。"

"这是不是传说中那种会自己移动的海子？"黎簇问道。

王达明点头："很多人是这么猜测的，那三个海子也许并不是会移动，而是在某些时候才会出现，过了那个时间，它们就会沉到沙漠底下。"

"那既然如此，我们要去的那个地方，为什么叫作古潼京呢？"

"那就是当时飞机投下信号旗的地方。"王达明边上的人说道，"你是不是一点资料也没有看啊？"

黎簇第一次觉得自己在这个团队里有些丢人，支吾道："我，记性不太好。"

"别讨论这些了，想知道回去继续看资料去。"队伍中有人又道，显然有些不悦。黎簇看过去，那个人他也有印象，在看资料的时候，他就觉得这个人不是什么好相处的角色。这个人的头发是自然卷，大概三十岁不到，是几个学生中的一个，但据说已经小有成就了，因此他在平日里和教授他们也有对等的地位。

这个人的名字他记不起来了，他决定称呼其为卷毛。

卷毛继续说道："这些照片很正常啊，普通的风景照，不可能因为这些照片烧掉相机的。而且，为什么他们要埋起来？"

"如果要毁掉的东西不是相机里面的照片，那难道是相机本身？"

"你是说，他们忽然集体对相机厌恶了？"

"这个世界上有相机恐惧症这样的病吗？我可没听说过。"

"我跟你说，这个世界上什么事情都有可能发生，还有人恐惧毛呢，希特勒就有体毛恐惧症，除了他的小胡子和头发，他身上所有的毛都被剃了。"

"但是，也不可能有这么多人同时发病吧。"

众人七嘴八舌地讨论，黎簇觉得有点尴尬，以自己的知识量显然无法参与到这样的讨论中来，毕竟自己还是学生，即使假装成二十七岁的样子，以往的习惯还是让他不敢轻易和成年人讨论问题。

吴邪也不理他，只是一遍一遍地翻动那些照片，末了，他"啧"了一声，让所有人都安静了下来。"发生这样的事情，只有一个可能。"他说道。

"什么？"卷毛问。

"这个坑里埋的全都是相机，没有其他东西，说明这和负重、抢劫或者丢弃货物没有关系，这件事情一定只关乎相机本身。但是，这里有这么多的相机，如果每一部相机的主人都同时产生了销毁相机的想法，或者有人策划了销毁相机的行动，概率也十分小。也就是说，不可能会所有人同时觉得相机一定要被毁掉，而旅行团中也不太会出现一个领导者说必须毁掉所有的相机这样的事情，因为肯定不会所有人都听这样的命令。"

"你的结论是什么？"王教授问道。

"结论是，销毁这些相机的，并不会是整个旅行团，可能是只有两到三个人的小团体，他们带走了所有的相机，检查并且销毁了这些东西。"吴邪说道，"我们可以来还原当时的经过。有一个或者几个旅游团，在某一个地方驻扎的时候，有人偷窃了或者使用某种方式带走了这些旅游团成员的相机，并且在这里检查了里面的内容，然后销毁掉了。"

"这也是一个结论，如果是这样，那么他们可能认为，这么多的相机，很可能其中有一部拍了他们想要的东西。"王教授说，"那么，他们有没有找到他们要找的照片呢？"

"我们刚才翻找相机的时候，有没有发现哪部相机没有存储卡？"吴邪问。

黎簇和王盟都摇头，黎簇鼓起勇气说道："我觉得，他们既然会把相机全部烧了，而不是只烧存储卡，那他们即使发现了他们要找的照片，也会把存有照片的相机整个拿走。"

"有道理。"吴邪抽了几口烟，把那些残骸拨弄了几下，对王盟说道，"你再检查一遍，看看会不会有什么遗漏。"又对其他人说，"大家都先去忙吧，感兴趣的可以留下来帮忙，别都窝着不干正事，很快就降温了。"

第十八章

● 另一个吴邪

　　见几个人散了，吴邪就对王盟打了个眼色："把所有相机的型号和数量都给我统计出来。然后把最近一年来过这里的所有旅行团的资料都给我调出来。"

　　"一年，那肯定不少啊！"

　　"机灵点，来古潼京的旅行团在规模上和行程上肯定都很特殊，不会太多的。"吴邪说道。

　　黎簇缩在边上，不知道此时自己是否可以自由活动了，吴邪抽完了那根烟之后，立即抽下一根烟。此时，他才发现黎簇还在边上，就问道："怎么回事啊？资料一点也没看？刚才一问三不知。"

　　"您应该知道我不爱学习。"

　　"那你爱惜生命吗？"吴邪问他，"如果明天还这样，我就对你不客气了。你觉得我人太随和了还是怎么着？表面上是我请你过来帮忙的，可你也要有点自觉。作为半个人质，到了困难的时候你就是我们的食物，你能活得有点觉悟有点价值不？好让我们在饿得不行的时候，能找个理由不吃你。"

黎簇看着吴邪的眼神，觉得这家伙不像是在骗人。这人的眼神中有一种常人没有的光泽，这是一种潜意识里的藐视。显然，这家伙肯定经历过太多常人不可能经历的事情，所以对于黎簇，他似乎看着的是另外一种低等的生物，是可以被食用的。

"我今天晚上就去补习好。"黎簇说，"可是，那些相机到底是怎么回事？"

吴邪看了看四周，然后从口袋里掏出一团纸递给黎簇。黎簇接过来打开，发现那是一份报纸。上面的一篇报道开头写着：某某日报关根。

"还记得出发之前你问过我目的吗？"

黎簇恍然大悟："你是说，那些毁掉相机的人有可能和当初那个叮叮一样，在照片上不能成像？"

"是的。"吴邪道，"看到这些被毁的相机，不能成像很有可能是真的。"

"可是，这怎么可能？这违反物理定律啊。"黎簇说道，"人之所以看到东西，相机之所以可以成像，全部是因为有东西能反射光线。但是，不可能有些东西可以反射进人眼，但是无法反射进相机啊。"

"其实，是可以的。"吴邪说道，"当时，我也觉得那是蓝庭的无稽之谈，但是后来我想了想，叮叮之所以在相机中不能成像，其实是有一种可能性存在的。"

"什么？"黎簇心说不可能啊。

"因为本来就没有叮叮，叮叮在现实中是不存在的。"吴邪解释，"会不会是叮叮在古潼京出了什么意外，她并没有随着旅行团回来呢？队伍中原本就没有叮叮，但是蓝庭却产生了幻觉，以为自己看到了叮叮。这种事情并不是不可能。"

"这是很多蹩脚美国电影里的情节，而且最后不是证实她自杀了

吗？"

"我只是想告诉你，这个世界上，没有什么事情是不可能的，没有什么事情是无法解释的。"吴邪告诉黎簇，"也许，你解释出来的东西和真相完全没有关系，但是，有解释会比没有解释重要得多。"

黎簇似懂非懂，觉得似乎也不值得和这样的人辩论，只好转移话题："你不是盗墓贼吗？为什么会给女作家当摄影师，还写东西？"

094

"我进这个圈子是因为血统问题，也是因为一个承诺，因为我一旦离开了这个圈子，很多事情我就没法儿去做了，很多人我也不可能去帮助了。"吴邪道，"有些人作一些小恶，是因为他知道，如果他离开了，这些小恶都可能变成真正的大恶。"

黎簇还是不懂，不过他觉得吴邪这个样子让他有点崇拜了，这难道就是真正的男人的魅力？

正琢磨着，王盟拿着几叠资料回来了，资料上面全都是最近一年到过古潼京的旅行团的信息。

三个人坐下来，王盟问吴邪："老板，你要这些干什么？"

"我给你们说了你们就知道了。"吴邪翻动里面的资料，每一份资料里都有一张照片，那是那些旅行团在机场会合之后，领队为他们拍摄的大合照。一群人背后拉了一个横幅，写着：某某考察旅行团。这张照片一方面是留在档案里的，另一方面是要拿来卖钱的。

"你们仔细看这些照片上的人，看他们的相机的牌子、数量，我相信能分析出来到底是哪几个旅行团在这里遗失了相机。"说着他拿了几张照片给黎簇。

黎簇接过照片，看着王盟统计的数字，发现上面数量最少的，就是普通彩色壳子的卡片机，就道："主要是找有颜色的相机，对比颜色和型号。旅行团不多，不太可能有两个团的人带着同样颜色同样型号的相机。"

"别妄下定论。"吴邪说道。

黎簇看了看这个小老板，觉得这个小老板的话里总是在提醒他什么似的，好像一直在教他，心中越发觉得奇怪。

三个人研究着那些照片，很快就确定了两个遗失相机的旅行团，但是只确定了两个。按相机的数量，除非两个团一半人都带了两部以上的相机，否则，肯定还有一个团没被辨认出来。

不过，在这种旅行团中，有人带两部或者两部以上相机的概率也非常大，毕竟卡片机和单反机的作用不同。但是，按照一般常理分析，还有一个旅行团无法被辨认出来的概率更大。

而且，还有另外一个原因，很可能是这个旅行团中，没有人带卡片机，全部是专业相机。

按照这个推测方向他们继续找下去，但是，这样下去也是一条死胡同。因为在人们生活日益富裕的今天，出去旅游不抬一台"大炮"，似乎就不算是旅游了，所以即使某个团全部是专业单反相机也不容易被区分出来，这根本不能成为突破口。

当这个方向走不通之后，他们又根据时间去查，因为吴邪觉得，这三个团一定是同期的。但是在王盟的资料里并没有同期的团。

资料里一共是十一个团，目前找到的两个，一个是青岛的，一个是北京的。北京的团就是蓝庭的团，他们在照片上看到了蓝庭和叨叨。而这两个团到达古潼京的时间相差一个星期。离这两个团最近的团，一个相差两个星期，一个相差一个月。时间似乎有些长了，而且，如果青岛和北京的团本身就相差了时间，说明这里的相机并不是一次销毁的，他们只是把这里作为一个固定的销毁场所而已。

除此之外，一无所获。

王盟道："要不我先从这两个团查起？"

吴邪点头，似乎也没有什么好办法，这个时候，黎簇忽然看到自己手上的照片上有一个人的脸让他很不舒服。

他看了看吴邪，看了看照片上的人，心中十分奇怪。因为，他在照片上看到一个笑得很开心的年轻人，这个人，和他面前的吴邪长得很像。不，不是很像，简直就是吴邪。

这个老板以前跟团来过这里？

"老板，你看。"他一边指着照片一边盯着吴邪道，"这个人，你觉得像谁？"

吴邪接了过去，王盟在边上道："你一个人质，有什么资格叫老板？别给我套近乎。"

"什么啊，好歹我也是老板花钱请来的！"黎簇对"人质"这个称呼有点不爽。

吴邪没理他们，而是专心看着黎簇手里的照片，一看之下，他也皱起了眉头。

他心里"咯噔"了一声，这段时间以来，只要是查那件事情，每次看到这张脸，他总是会心里抽搐。

他本来以为这辈子都不太可能见到这个人了，但是，显然这个人一直都在很积极地活动。也就是说，他以为结束的那件事情，也许根本还没有完结。

王盟凑了过来，看了看照片，说道："老板，又是他。"

吴邪点头，黎簇问道："这不是你吗？"

吴邪摇头："不是我，或者，这个才是真正的我。"

第十九章

沙丘魅影

黎簇躺在帐篷里，这是用太空面料做的帐篷，拉上拉链之后，外面的寒冷和里面几乎一点关系都没有。

参与这次行动的军人都是住的大通帐，而考察队队员显然住得讲究一些，每两人住一顶双人帐篷，这样能保持一点隐私，也可以让人休息得好一些。

黎簇是和王盟同住一顶帐篷，黎簇进去之后，和王盟两个人大眼瞪小眼地坐在睡袋上，也不知道说什么好。黎簇心里盘算，之前是他袭击了梁湾，之后又是梁湾把他打趴下了。当时虽然自己也在场，但是这件事情怎么算也应该是梁湾和他的恩怨，他总不至于在这里报仇吧。而且王盟性格也很奇怪，从表面上确实看不出有什么毛病，但是整个人又透露出一种极度不正常的气息。

这是一种说不出来的感觉，虽然在这段时间的具体交往接触中能感觉到王盟一点也不笨，办事的效率也不低，但是黎簇总是觉得他很多时候比正常人慢半拍。

王盟见黎簇看着他，没有任何的反应，只带着一种特别让人无语、让人想直接一脚将他踹飞的表情直直地回望着黎簇。

他没有多余的动作，黎簇忽然明白了。

一个人，不管是多么训练有素，在没有特定目的的休息状态，总会有一些不经意的习惯性的小动作。这些小动作会连贯成一些大动作，让这个人看上去极其富有连续性。

但王盟不是这样，他在没事情干的时候，几乎没有什么动作，这就给人一种十分呆滞的感觉。

"你……"黎簇想知道为什么这个人会是这样的，于是想找个话题和他聊。

"我只是一个打工的，糊口而已。你不要见怪。"王盟说。

黎簇知道王盟指的是之前袭击他的事，就笑道："没事，人在江湖，身不……"

他还没说完，王盟已经转身拉灭了自己那边的灯，然后就躺进睡袋里睡了。

"……由己。"黎簇无奈地说完，心中暗笑：怪人，都是怪人，他们都是怪人。

"如果你在一家老板永远不在，从开店到闭店只有一个人，一年都不会有人踏进来的店里当营业员，你也会学会在没有生意的时候，关闭自己的电源变成怪人，这样你才能度过那刀割一般的漫漫长日。"王盟在睡袋里说。

"你在那种店里干过？"

"前后一共十几年了，最惨的时候，我坐在柜台后面，甚至连电脑上的扫雷游戏都不想玩了。我就那么坐着，然后，就那么睡着了。醒来的时候，发现已经是第二天的中午了，于是我一不做二不休，继续不动。"

"哇，那你不会发芽，或者某一天发现自己的脚生根了吗？"

"我做过那样的梦。"王盟道。

黎簇瞬间就想狂笑，但拼命忍住了，努力不让自己笑出来，平静下来之后，他才继续问道："后来呢？"

王盟没有再回答他，几分钟之后，王盟那边已经传来了一阵阵的呼噜声。

黎簇心想王盟的心理素质真是好，如果是自己有这样的经历，绝对做不到头挨枕头就睡着的。

不过转念一想也未必，如果自己是过着那种极其无聊的日子，那睡觉也许会变成一种逃避现实的方法。或者，那种简单的日子会把自己所有杂念都洗掉，洗得干干净净。

他躺到睡袋里用手抱着头，看着帐篷顶，发现自己完全不可能睡着，于是把到现在为止所有发生的事情整理了一下。

那个叫吴邪的老板，是一个隐匿的现代盗墓贼，他除了盗墓之外，还有摄影师和自由撰稿人等身份。因为这些身份，他认识了一个叫蓝庭的女人，这个女人告诉他，古潼京有一种神秘的力量，能使人无法在照片上成像，而从蓝庭给他的照片上，他发现了一个古墓遗迹。

于是这个吴邪便开始追查这件事情，并且发现这件事情和他经历过的另外一些事情有关，而他调查的结果现在就刻在自己的背上。

自己就因为偶然路过那个地方，所以被牵扯了进来，而且是非常无辜地被牵扯了进来。

不，关键的信息他都不知道。他叹了口气，心想吴邪肯定只说了一些皮毛，真正的关键部分是不会告诉他的。

"有解释好过没解释。"吴邪好像和他说过这句话。难道是暗示他，知道一点就够了，别紧着追下去？

他才懒得知道呢。

黎簇拿起自己的相机，想到之前拍风景的时候，似乎拍到了什么奇怪的东西。无聊之下，他开始翻动自己拍的照片。

在相机里一张一张地翻动了一阵，黎簇很快也犯困了。小小的取景框里，看什么东西都很模糊。他一边翻，一边看，终于翻到了那几张照片。他放慢了速度，仔细去看，感觉有问题的东西，应该就在那几张照片之中。

忽然，他坐了起来，他终于翻到了那张有问题的照片。

确实拍到了什么东西，在那个沙丘附近，那一瞬间的感觉不是错觉。黎簇看到在那张照片上，沙丘上出现了一个影子。

这不是光影导致的错觉，而真的是一个难以名状的东西出现在了那个沙丘之上。

对，那是一个影子。

黎簇把照片放大再放大，一直到整个影子撑满了取景框，然后盯着那个影子看了半天，才发现那是一个人影的轮廓。

黎簇吸了口冷气，再次仔细地看了好久，终于，他有了结论。

从影子轮廓的所有细节来判断，那应该是一个女人，正趴在沙丘上。

这个女人在他拍摄照片的瞬间出现在那个地方，不知道是什么原因，相机没有把她真实的样子照出来，只有一个模糊的轮廓。但是，他分明记得，当他放下相机用肉眼看向那个地方的时候，根本什么都没有。

整个过程最多半秒钟，他没有看到任何扬沙，也没有看到那边的沙丘上有任何人刚刚移动过的痕迹，看到的只是一个特别安静的沙丘而已。

忽地，一身寒意从黎簇骨子里面透了出来，似乎帐篷外的温度终于透进了帐篷里。

他赶紧披上衣服，往吴邪的帐篷爬去。这是个大发现，他不知道意味着什么，但是他必须给这个男人看看。

吴邪还在帐篷里看书，他的帐篷是单人的，很干净，质量也相当好。似乎是VIP级的待遇。黎簇拍帐篷的拉链门，大叫："老板，老板。"

吴邪拉开拉链皱起眉头："不好好休息，乱叫什么。"

黎簇立即把照片拿给他看，吴邪起初有些莫名其妙，眯起眼睛仔细看了看，立即对黎簇晃了晃头："进来。"

黎簇猫进帐篷，吴邪立即拿出自己的电脑，把那张照片拷到了电脑上，然后放大。

一个模糊的人影，变得非常明显，虽然没有细节，很模糊，但是总算还是能看到一些五官和衣着的信息。

吴邪明显吸了口冷气，喃喃道："是她……"

"您认识她？"黎簇惊讶道，心说：你到底是什么人物？我在沙漠里随便拍到个鬼你都认识。

吴邪披上衣服，对他道："走，带我去你拍到这张照片的地方。"

他们急急地出去，走到之前黎簇拍照的沙丘上。黎簇把方向指给吴邪看，吴邪在那一带转了好几圈，但是一无所获。沙漠夜里很冷，他们只得往回走。

"我们是在找这个女鬼吗？"黎簇道。

吴邪摇头，只做了个回去的手势，对黎簇道："这件事情你不要对任何人说。"黎簇发现他的那种焦虑感更加明显了。

第二十章

●

不能碰的东西

黎簇回到自己帐篷的时候，王盟已经睡死了，他把相机关了。他忽然觉得这里的沙漠不是太安全，左思右想都觉得有问题，于是缩进睡袋里，把头蒙上。

黎簇做了一晚上的梦，也不知道睡了多久，当他醒过来的时候，已经是第二天的中午。黎簇很奇怪，为什么没有人来叫他，队伍也没有出发，难道考察队所有人都在睡懒觉？黎簇振作了一番，才从睡袋里爬出来，走到帐篷外面。

帐篷能够隔绝寒冷，也能隔绝炎热。当黎簇走出帐篷的时候，热浪扑面而来，阳光明媚得好像是用电脑渲染出来的。

好不容易等他适应了光线，他才看到，考察队的人几乎都站在海子的边上，他们的注意力被海子里的什么东西吸引住了，根本没有人注意他。

黎簇看了一遍考察队带着的骆驼，心想这是个逃跑的好机会，如果自己懂得如何驾驭骆驼，并且知道回去的路的话，他现在就能逃跑。可惜这显然是不可能的，于是他很快打消了这个念头。

然后他也走到人群聚集的地方，看到几个当兵的已经脱得精光，在海子中捞着什么东西。

"怎么了？"他打了个哈欠问边上的人，那人说道："有人把我们考察的装备全部甩到海子里去了。"

"啊？谁干的？"

"不知道，按理说这里应该很安全，所以昨晚也没有安排人守夜。谁也没想到，在这里会有人搞出这种事情。这不，兵大哥们正在捞呢，捞上来的东西，放在一边看晒干后还能不能用。"

黎簇转头看去，看到吴邪和王教授正在摆弄一些捞上来的东西，就问道："这些设备重要吗？"

"如果修不好，十有八九我们得回去了。"那人道，"考察考察，又不是观光。"

黎簇走到吴邪边上，刚想说话，吴邪就摆手："我现在没心情回答你的任何问题。"

"我没想问你问题。"黎簇道，"我只想提醒你一件事情。"

"什么？"

本来黎簇想就相机拍到黑影的事情和他再讨论一下，但是吴邪刚说完什么，海子那边就有人惊呼了一声，人群中出现了骚乱。

吴邪和王教授立即站起来跑过去，黎簇也只能暂时作罢。他跟着一路跑过去，看到几个人围着捞上来的装备指指点点。

"这是什么东西？东西捞上来就带到这儿来，你们在那里嘀咕什么？"

"这不是我们的装备。"其中一个负责打捞的士兵说道。

那个士兵指着其中一个捞上来的装备，说道："其他东西我都认识，但是，你看这东西，这不是我们的东西。"

那是一个似乎包裹着金属皮，但并不是太重的物体，大小和一把轮椅的轮子差不多，外表呈圆筒形，锈得一塌糊涂，上面有很多小疙瘩，好像是已经锈烂了的铆钉。

"这不是我们的装备？"

"绝对不是。"

"什么时候捞上来的？"

"不知道，就混在这堆装备里一起被捞上来了。之前都没注意，刚刚整理的时候才发现的，看来这东西原本就在湖底。"

吴邪上去用脚碰了碰，那东西一下滚到了沙地上，吴邪感觉到这东西很轻。

"别，小心是炸弹什么的。"有人惊叫道。众人立即后退。

吴邪叹着气看着那些人，也是一脸疑惑。此时黎簇却已经认了出来，呆若木鸡地站在原地，心说这里怎么会有这个东西。

"这……"他想说话，"这……这……这是……"

"什么？"吴邪不耐烦地回头，"有屁快放。"

"你最好别用脚去碰它。"黎簇道，"这东西最好别碰。"

第二十一章

· 黎簇的记忆

　　黎簇之所以知道这东西是什么，和他的家庭背景有关系。他生活在北京的一个工业区里面，工业区里的这些工厂，很大部分和军工有关系。虽然生产的产品并不全为军用，但是，军队供应产品在里面还是占了很大部分的。

　　黎簇就是在工业区的仓库里看到过这种东西，那时他还很小，有一天晚上他父亲夜班下班，带他经过仓库，路两边都是五人高的大库房。当时其中一间库房的门开着，里面亮着白炽灯的黄光。由于道路的前后都是漆黑一片，所以他的目光自然就被库房中的灯光吸引了过去。

　　虽然道路离库房大门很近，但他无法看到太多的东西。只看到了某种从未见过的部件，一个个有轮椅轮胎大小，被成堆地叠在库房里。

　　小孩子天生就有好奇心，再加上在这种夜路上行走，他本身就心情忐忑，所以在看到了这奇怪的东西后，禁不住问他父亲："爸爸，这些是什么东西啊？"

他清晰地记得，他父亲当时本来有点魂不守舍，发着呆一路往前，听到他提问，才把头转向仓库一边。那一瞬间，他感觉到父亲握住他的手一哆嗦。

接着，那双大手就松开了。他的父亲径直冲进了仓库里，在里面就大骂了起来。

因为事情发生得很突然，黎簇也没有听清楚他父亲骂的是什么。隐隐约约的一些零碎声音传过来，似乎是与管理员没有关闭仓库门这些管理上的事情有关。确实，当时都是夜晚了，仓库门不应该开着。

但是，他的父亲不应该对这种小事情这么愤怒啊，他被父亲的态度吓得有点蒙了。之后，他父亲走出来，亲自把仓库的门都关上了才拉起他继续往前进。

他记得当时他父亲的手是颤抖的，但是那个时候，他还不明白有些问题在这种场合是不应该问的。他还是好奇地追问了父亲："爸爸，那些是什么？"

他父亲没有回答他，只是将他抱了起来，说道："这是一些很危险的东西。小鸭梨，你要记得，以后千万不要到这个仓库附近来玩。看到刚才的东西，也不要去碰，知道了吗？"

"爸爸，为什么？"黎簇还想知道更多，但父亲没有再说什么，只是抱着他一路往黑暗里走去。

黎簇后来觉得，他父亲在这件事情上犯了一个错误。因为在他当时那个年纪，恐吓有的时候是有效果的，但是这种恐吓必须非常具象化，不能单单地说这个东西很危险，因为只有"手会断掉"或者"眼睛会瞎掉"这些形容，才能真正让孩子害怕。而"危险"——那个时候的孩子，还并不真正了解危险是什么，这个词语，反而会提升他们的好奇心。

所以，也不知道是几天之后，黎簇和小伙伴玩耍，遇到一个再次路过那个仓库的机会。他想起了前几天父亲说的话，好奇心让他完全无法控制自己。

他找了一棵树偷偷地爬了上去，然后顺着树枝爬到了仓库的顶上。那个时候的仓库顶上铺的是石棉瓦，他翻开几块，看下面没有人，就偷偷爬了进去，顺着柱子横梁滑到了地上。

然而，等他下去之后，却发现东西已经被搬空了，整个仓库里只有当时披在那些东西上面防潮的一些防潮布而已。

他在空旷灰暗的仓库中翻找，天真地想找到几个可能会剩下的东西，看看那到底是什么。但是他什么都没有找到，只是在一个角落里发现了一张被人踩烂的记录着无数个交易明细的提货单。

在那张单子上面，他第一次看到了那个标记，后来他读到高中的时候，才明白那个标志的意思。

生化污染危险。

后来他查看了很多资料，无意中在某本书上看到了当时见到的奇怪东西，他知道了那种奇怪的东西是一种密封生化物料的设备，而且，这种设备是特种设备，因为外面的铆钉的数量代表了密封的程度，也代表了里面东西的危险程度。他在书上看到的那张图片上的设备，只在四面有四个铆钉，而他在仓库看到的，有将近十个铆钉。

在了解了那东西后，他立刻就明白自己的父亲当时为什么会有那样紧张的表现，因为这种东西是很危险的。当时那个工业区里最起码住了五千人，如果有什么危险的东西放在工业区的仓库里面，却没有好好保管，让仓库门大开着，确实对这五千个人很不负责。

因此，这种奇怪的设备给他留下了很深刻的印象。如今再次看到，条件反射地，他对这个设备产生了恐惧。

吴邪听他说完，也不再动手，而是弯下身来，小心翼翼地查看那玩意儿。黎簇终于有了点小小的得意念头：这小老板牛烘烘的，总算是听了我一回，自己也算是争回了些脸面。这个小细节也让他觉得，吴邪并不是那种什么道理都不讲的人，这让他心里舒服了很多。

他走到吴邪身边，也蹲了下去，看向那奇怪的容器。一看之下，他就吸了口凉气——这东西上面的铆钉，数量之多让他有发毛的感觉。比起他小时候在仓库里看到的和之后在教科书上看到的，这个容器的密封措施根本不是一个数量级的。更让他在意的是，经过不知多少年，容器的铆钉上面已经有了大量的铁锈。一般这样的容器是用不锈钢来制作的，但是显然在沙漠海子的环境下，连不锈钢也开始生锈了。即使现在看起来只是锈了表层而已，但是谁也不敢保证里面的东西不会泄漏出来。

第二十二章 ● 两个假设与三种可能

对于黎簇"这里面装了很危险的东西"的想法，其他人都不置可否。对于他们来说，这个东西的突然出现，只是一段插曲而已，如果他们不在这个海子边休息，装备就不会被抛到海子里，这事情也就不会发生。在他们这些靠考察拿项目的人看来，眼前最紧急的是看看这些设备是否还可以使用，从而判断这一次考察是否还要继续下去——项目能否继续进行代表着很多东西：钱、荣誉以及升迁的机会。

所以唯有吴邪对于黎簇的想法表示赞同。等其他人散去后，他们几个自己人就地在海子边生了一团火，继续讨论这件诡异的事情。

最先发言的吴邪说道："昨天晚上，这些装备肯定是被人故意抛入水底的，而把它们抛入水底的目的，无非是有两种：第一种是阻止我们继续前进，让这一次的考察到此为止；另一种是诱导我们发现水底的这个东西。"

"从常理来看，第一种的可能性更大一些，但是仔细去想，却又有非常细微的矛盾。首先，肇事者是怎么知道这些仪器抛入水中就不能使用了的？一般比较高级的探测仪器都是防水防尘防震的，但是被抛入水中的这些，大部分恰好是不防水的。这说明，这个肇事者很清楚我们这里各种仪器的情况。"吴邪吐了口烟，看了看远方连绵无垠的沙丘，继续道，"如果这个假设成立，那么肇事者可能就在我们队伍之中，而且应该是考古系学生里面的一个或几个，因为我们几个是不太可能那么熟悉那些冷门的仪器的。"

"然后呢？矛盾在哪里？"黎簇问吴邪。

"其次，矛盾在于，这些仪器单纯进水，会不会完全被损害，或者是否完全无法修理，谁也不能确定。假设这些东西和手机一样，掉水里之后拿出来晒干立马就能用，那这个肇事者苦心经营的闹剧不就白费了吗？而且，这件事情发生后，我们势必会更加小心，肇事者几乎就没有下一次下手的机会了。"吴邪道，"你懂吗？除非这是冲动性犯罪，否则，不管是谁，如果希望这支队伍不再前往古潼京，最好的办法是把这些仪器全部砸掉，或者烧掉，进行彻底毁坏，而不只是抛入湖中。"

黎簇明白了吴邪的意思，若真是这样的话，那第一个假设就基本不成立了。有可能的反而是第二种——有人希望他们能发现这个海子底下的东西。按照他的想法，这种密封容器不可能单独出现在这里，因为它是储藏设备，关键的是这容器里面的东西。也就是说，这种容器是在运输或者储藏"某种东西"的过程中才使用的。那这一切是为什么？为什么有人会希望他们发现这个容器呢？

在这片沙漠中，这东西的出现有几种可能。第一种是有运输车队在经过这里时，这个容器从车上遗落了。但是，这里是沙漠又没有公路，一般来说运输只有依靠骆驼，也就是说，如果有运输车队经过这里，那么一定不是普通的运输大卡车，而是沙地上专用的运输装甲车。那么，这些东西是运往这片沙漠中的什么地方呢？

第二种是有一辆运输这种东西的卡车或者装甲车在沙漠中迷路了，

整车困死在附近，经过风沙长年累月的瓦解，车上的货物坍塌下来。这个可能让黎簇有点犹豫，因为东西是在水里被发现的。除非卡车或装甲车在这儿一头开进了这个海子里，否则这东西不可能在水里。而这里的绿洲和海子往外几公里都能看见，哪个缺心眼的司机会犯这种错误？即使真是如此，这种容器也不会只发现一个，肯定满湖底都是。除非，这个海子是后来才移动到这来的。

第三种可能和第二种比较类似，有可能这儿本身就是一个老旧的仓储区，而这个海子如果是后来才移动过来的，可能移动到了一个仓库的废墟上，所以仓库中遗留下来的一个容器才会被海子淹没。

沙漠的温度越来越高了，黎簇想着这三种可能，就对吴邪道："我觉得，只要再去水底看看，我们就能知道更多的东西。"

吴邪点头问他："你想去水底看什么？"

"看有没有运输工具的残骸，或者，看有没有建筑废墟。"

"和我想的一样，不过你的伤还没好，不能轻易碰水，晚上让他们两个去就行了，白天我们要避人耳目。"吴邪说道。

"老板，晚上这里很黑。这水里该不会有什么怪鱼吧，就像你以前经常和我说的……"王盟有点发怵。

"这地方就这么点大，不会有太大的鱼的。"吴邪瞥了王盟一眼，"除非你点儿背，遇到极小概率的不幸事件。"

"我一直很点儿背啊，老板。万一我真的挂了，有没有抚恤金啊？"

"没有，不过我可以把你的骨灰卖了。我以前的那些债主肯定很喜欢。"吴邪吐了一大口烟，对他道，"去把橡皮筏吹大，和那群学究们说一下，今天就在这里休息，我们晚上要去湖中心做地质采样。"

黎簇道："如果那些设备没什么大碍，他们今天就想继续往前怎么办？"

"我会在他们的骆驼饲料里灌两瓶伏特加。"

"酒驾？"

"对。"吴邪说道，"他们的骆驼会试图骑他们。"

　　好在晒干那些仪器，需要的时间比预想的长得多，即使在沙漠这样的气候下，仪器要完全干透可能还是需要两到三天的时间。

　　一个老教授抱怨居然没有刮风，因为沙漠中的热风能够迅速吹干任何东西，而旁边那几个士兵就以一种看神经病的眼光看着老教授。

　　吴邪告诉黎簇，没有人喜欢沙漠中的风——没有任何人喜欢。

人如果总是往前走，那么现在所经历的一切，不管是痛苦还是快乐，最后都可以变成自己谈话中的故事。如果知道这一点，那忍受这种事情就没有必要，最重要的事情是确定自己真的是在往前走。

——吴邪

第二十三章

● 夜潜

　　当天晚上，吴邪他们把皮筏推入了海子里。中间还有一个小插曲，在推皮筏的时候，黎簇听到吴邪对王盟说："如果这东西中途漏气了，你这个月工资就没了。"

　　"你应该去扣生产厂家的工资，干吗要扣我的啊？"

　　"因为你在打气的时候竟然没有发现并补好。"

　　"老板，那你吃了变质的草莓，是怪洗草莓的人还是怪卖草莓的人啊？"

　　"我怪我自己，知道变质了还吃下去，不是自己作死吗？"

　　"……"

　　一行人扯着皮把沉重的皮筏推进了海子里。四个人上筏，马日拉划，其他人收拾装备。

黎簇问："吴……吴老板，您是准备怎么弄法？这地方这么大，就算没有水，我们走着找也得找一天。"

吴邪摆了摆手，对他道："我们有我们的办法，你别管。这种本事你学来没用，我们也不想外传。"

皮筏行到海子中间，王盟和马日拉穿上装备就倒翻进海子里了。他们因为没带潜水设备，所以只能靠潜水镜和水下手电筒进行水下探索。黎簇不明白，靠着这么简陋的设备，怎么能够让吴邪那么有信心快速搜索整个水底。

吴邪显然不打算亲自下去，他在船上一边抽烟，一边看着水底的灯光摇曳。

而对刚才的问题黎簇始终没想明白，终于忍不住开口问："能不能给任何一点点提示？我不想学，但我就是想知道。"

"不行。"

"吴老板，你既不需要我帮忙，又不想让我知道你们的本事，那干吗还要把我带到船上来？你这不是存心憋屈我吗？"黎簇有点郁闷。

"是，我就是在憋屈你。"吴邪说。

黎簇看着吴邪的脸，心里越发不爽，心说这个人是不是脑子有问题。如果不是背上有伤，他恨不得跳入水里直接游回岸上。

"你想知道为什么一路过来我一直憋屈你吗？"吴邪见黎簇不说话了，反问道。

黎簇摇头："如果你不是变态，那就是那种传说中的迫害狂，所以你应该不只让我一个人憋屈。"

吴邪接着说："看来你已经感觉到，我不会随便加害你，所以敢开始跟我抬杠了。但你不知道，虽然我看上去只是有轻微的神经质，但是我要是真的对你失去耐心，就一定会把你埋进沙子里。"

黎簇叹了口气，心说：我又不了解你，也不知道你到底是哪路货色，更不知道你到底想干吗。

吴邪继续说道："其实，我老是憋屈你，就是因为我看到你就像看到

我以前的样子。"

"你以前是什么样子？"

"就和你现在一样，像一只等待随时被宰的羔羊，什么都不知道，不知道什么时候会被害死，也不知道别人为什么要害自己，更不知道自己为什么会被卷入这一切里来。只是等着，都不知道会等来什么。"

"这么说你以前是个傻瓜？"黎簇问道，问完他就闭上了嘴，心说：完蛋了，这下我真要被埋进沙子里了。

吴邪却只是看着他，看了半天才点了点头："你悟性不错。"

两个人就不再说话了。

夜晚的沙漠很冷，一不说话，黎簇就觉得越来越冷，他有点后悔来这里，心里也更愤怒了。这破事儿和他根本就没什么关系嘛，早知道如此他就应该在帐篷里睡觉。

大概过了有两支烟的时间，王盟首先浮了上来，吴邪把他拉上了皮筏。可以看出在冰冷的水里潜水搜索非常消耗体力，王盟喘着气，连话也说不上来。

吴邪等他缓过来才问道："怎么样？"

"暂时没有任何发现，不过，有东西不见了。"王盟喘气道，"老板，我觉得情况有些不对。水下的沙子不停地在翻，但是没有水流，不知道是不是沙子里有东西。"

"什么不见了？"吴邪问。

"马日拉不见了，我找不到他。能见度太低，只能感觉到水下的沙子全都在翻动。"

黎簇看向四周，发现一片漆黑，只有月亮的倒影在水面上，水下的灯光不见了。

吴邪也趴在船头往四周看，王盟还在一边不停地说："我觉得水下有怪物啊，而且个头肯定很大，整个水底都在翻。"

吴邪一直静静看着水面，突然"啧"了一声，说道："不会吧。"

"怎么了？"

"水在走。"吴邪说道，说完拽过王盟的潜水镜，一个倒翻就翻进了水里。没多久他就到底了，然后马上升到水面，对黎簇大叫，"快！靠岸！"

"靠岸？"

"别发呆了，划起来！这海子在动！"

第二十四章 ● 移动的海子

等吴邪完全翻上了皮筏，王盟问道："马日拉怎么办？"

"这小子那么精明，肯定早就发现不对上岸去了。"

"那他怎么不来提醒我们啊。"王盟骂道。

"他巴不得我们死呢，"吴邪回答，"他好拿我们的货去自己铺子卖。"

"他自己有铺子？"

"早在三个月前他就自己开了铺子，他来当我的学徒本来动机就不良。"吴邪说道，"我猜他本来想从我这里学东西，我不教，他就盼着我死了得了。"

"老板，你知道还带他来？"王盟哇哇乱叫着。

在王盟和吴邪说话的空当，黎簇只得靠自己拼命乱划，但是皮筏一直在海子中心打转。他急了，对吴邪叫道："能上岸再贫吗？你们自己不要命，能别连累我吗？我太无辜了。"

王盟抢过桨，几下就把皮筏稳住了，皮筏这才开始往岸边挪动。等他们靠近岸了，用手电照向岸边，看到了惊人的一幕。

他们发现，岸边已经不是之前的绿洲了，而是一片滚动的沙丘，这种滚动速度和幅度让人瞠目结舌。当然这并不是沙丘在滚动，而是他们所处的这片海子正在以惊人的速度在沙丘上移动。如果只看水面，海子本身异常平静，但是参照四周，它其实是整体在飞快地移动着。

"靠岸靠岸，必须靠岸，我们已经不知道离营地有多远了。也不知道这个海子会移向什么地方，我们船上什么都没有，等到了沙漠深处就死定了！"吴邪喊道。

王盟拼命地往岸上划，但是每当皮筏靠近岸边，就被岸边反弹的水流往后推。于是黎簇他们轮流不停地努力靠岸，但是每一次都失败了。最后，三个人都筋疲力尽，毫无办法地看着沙丘不停往后退。

黎簇就道："要不我们别用皮筏了，游泳过去吧。"

"别傻了，这团水是在整体移动。靠近岸边的地方，一定有这团水可以这么诡异移动的关键，贸然下水说不定会死得更惨。"吴邪说道，"在这种情况下，我的经验是等待，海子迟早会停下来。"

黎簇道："如果它停下来的地方我们完全不认识，到时候怎么办？"

"沙漠中能移动的海子十分少见，但是从刚才的绿洲来看，这片海子的移动肯定非常频繁，而且移动的范围不算太大，所以四周才会出现绿洲。而且这片海子移动一定是有规律的，应该常年就在几个点之间活动，否则绿洲里的草长不起来。"

"我觉得你太乐观了。"

"在这种环境下，我们只能乐观。"

黎簇心说这倒也是，不然还能怎么想？不过他心里倒是相当淡定，因为他的立场很微妙，不管这帮家伙最后能不能解决问题，目前事态的发展对于他来说总是有利的。如果他们迷失在了沙漠中，那么他会从一个废材半人质，立刻变成一个很有用的人，自己毕竟能顶一个劳力；如果他们最终生还回去了，那在这段时间里，他们多少会产生点难友般的感情。

想到这里黎簇也挺佩服自己，也许是初生牛犊不怕虎，也许是他厌倦那种在城市中生活的安宁，现在的危险和意外反而让他很亢奋。

死在这里也不错，反正以前自己也时不时想到死了也没有关系，黎簇这样想着。

筏子一直随着海子移动，他们休息一段时间，又尝试划船靠岸一段时间，这样反复几次后就完全放弃了，索性轮番睡觉。等黎簇被王盟推着叫醒的时候，天已经亮了。

"怎么，我们到了？"黎簇迷迷糊糊，眼皮都耷拉了下来，他以为自己是在公交车上。

"好像是到了。"三个人爬起来，用海子里的水抹了把脸，往四周望去。

"这是什么地方？"吴邪喃喃道。

第二十五章

● 荒漠干尸

海子的四周已经平静了下来，放眼望去是一望无际的沙丘。但是，这里的沙子都是罕见的白色的——犹如雪一样白的颜色。如果不是扑面而来的热浪，黎簇很可能以为自己是在雪山上。

王盟划动皮筏，他们扒拉着沙子上了岸，吴邪提醒道："把皮筏拉上来，如果海子又移动了，我们就傻了。"

"你说这片海子是不是这儿的火车啊，到站了下几个客人，然后继续开。"黎簇异想天开。

"那估计得是个环线，也不知道走一圈得花多少时间。"吴邪俯下身子，掬起一手沙子，滚烫无比的白沙让他微微皱眉，"里面有石英，和外面的沙子是一样的。但是，为什么这么白？"

"白色的沙有什么特别吗？"

"沙子里多数是石头，白色代表钙质特别多。"吴邪抖落手里的沙子，道，"我不记得航拍的照片上有关于这片区域的任何影像。"

"也许是光线问题，所以，在天上看没那么明显。"黎簇说道。

"航拍的相机又不是傻瓜相机。"说着吴邪把手放到半空中，"而且，这儿没有一点风。"

黎簇照着做，发现果然如此，一点气流都没有。

这时候，在一边拉皮筏的王盟突然大喊了起来："老板！快来看！"

黎簇和吴邪冲上一个沙丘往海子边上看去，就看到王盟指着身边的沙丘。沙丘上的沙子在他拖动皮筏时被弄得滑动开来，整片沙面坍塌了，露出沙丘里面埋的东西。

黎簇和吴邪跑了过去，而皮筏滑落的幅度越来越大。很快，一辆卡车的残骸从沙丘里露出了一个角。塌落的部分，露出的是卡车的斗，里面装满了他们之前在湖底发现的那种危险容器。

三个人猛力刨沙，很快一辆腐朽的解放牌卡车就从沙子里露了出来。在沙漠中形成的锈斑和在其他的地方形成的锈斑不同，他们明显能看到，这辆卡车是被碱性的东西腐蚀的，铁皮上很多地方有一层白色的锈灰，一碰就破裂落下。

"你看，这车在这里应该抛锚很长时间了。"王盟喘着气说道，"还有老板，下水的时候，我们是一起推的这个皮筏。怎么拉上来的时候你们不帮忙了，就我一个人拉？"

"观察环境比拉皮筏重要。"吴邪回答，"东西在沙漠里生锈很慢，按照这个锈蚀程度这卡车在这里估计至少有二十年了。"

"不一定。"黎簇反驳，"我在课堂上学过，沙漠里日夜温差太大，黄昏的时候还会有水蒸气，这些都会加速物体腐蚀速度，何况这里附近还有水源。我们在海子里看到的那个容器，估计就是在这里掉进水里，然后被海子带到我们之前休息的绿洲去的。"

"想不到你还是个好学生。"吴邪惊讶。

黎簇心中默默想道，自己之所以记这么清楚，是因为当时讲这个知识的老师身材很好，上课特别赏心悦目，自己才用心听了课。后来换了个老头子，他就再也没兴趣听讲了。

"不对啊，这种车没法在这儿开。"王盟刨开一大堆白沙，露出了车子已经腐烂成棉絮一样的轮胎，"老板，这是橡胶轮胎，都被晒化了。"

吴邪指着橡胶轮胎向黎簇解释："这种轮胎只能开在平整的路上，如果这儿全是沙子的话，车根本就开不动，落地就会陷进去。"

"也就是说，这儿曾经有一条路？在沙子下面？"黎簇看着满眼的白沙摇摇头，实在不可能把不知道是否真的存在的路挖出来。毕竟，整条路都在沙子下面，即使这边的一小段挖出来了，前面还有连绵的沙丘，就算穷尽一生也难全挖出来。更何况这里是沙漠，沙子是挖不出坑儿的。

"这儿怎么会有路呢？"吴邪喃喃自语，然后对两个人说道，"咱们现在也算落难了，干脆再挖挖看能不能把车多挖出来一点，等露出了车厢，也许能发现什么可以用的东西。"

于是三个人继续挖，可是才挖了几下，沙子里突然就露出了一张干瘪人脸。然后沙子突然陷落，人脸四周的沙子全部塌了下去，一具完全风干的骸骨露了出来。

从没见过这种场面的黎簇吓出了一身冷汗，好在是白天他才没叫出来，但是也不敢靠太近。他看了看其他两个人，即使是王盟，那状态也比黎簇好不了多少。

只有吴邪没有一点害怕的迹象，他只说了一句："不是什么好兆头。你看，这是军装，这是个当兵的。当兵的都被困死在这里了，那我们更够呛。"

"未必是困死的，也许是出车祸的时候死的。"黎簇想起吴邪的乐观。

"不可能，在沙漠里出什么车祸能死人啊。"吴邪拉着干尸的领子，把尸体整个儿从沙子里提了出来。尸体虽然已经完全脱水风干，但是仍旧有一些重量，这重量让吴邪一个趔趄，又把沙子扑下来好大一块，全部盖住了他的脚。他把干尸甩到一边，对两人道，"摸摸口袋里有什么东西。"

"这不人道吧。"王盟还是有点发怵。

"都死了，只是臭皮囊而已。"吴邪看出了其他两人很忌惮这具尸体，"别怕，这东西年份大的才危险，这个还不够格呢。"

王盟看了看黎簇，黎簇立即摇头："我是人质。根据日内瓦条约，人质不能干粗活儿。"

"你不是说自己是被请来的吗？花钱请你干点活儿，理所应当。再说，人质和战俘可不一样。"王盟不耐烦地吼道，"我也不是当兵的，快去！"

"那你的工资能分我点吗？"

"行啊，反正也没多少。"

吴邪在车斗里继续翻动，捧出一团一团的沙子。而黎簇只好蹲到那具干尸的面前，捏住了鼻子用手指去拨弄。

这是他第一次面对尸体，而且还是这种完全风干的尸体。他的第一反应是，要是说给苏万听，那该有多牛啊。这样想着，心里的害怕似乎减少了一些。黎簇更仔细地打量了一下尸体。

尸体穿着已经被碱化出大片白斑的军服，硬得和咸鱼一样，但是肩膀上的横杠还看得清楚。

"军衔不小，还是个官儿。"

"官儿？官儿怎么会待在车斗里？你别胡说八道。"王盟不同意地摇头。

黎簇斜了王盟一眼，心想不信你来看，却没有开口反驳。他继续仔细地用手指去搓各个衣袋，终于从干尸的上衣口袋里发现了一张军官证、一支钢笔和一本小本子。

那本子是一本工作笔记，纸已经被碱化得非常脆。他用力不大，但是笔记本被手指接触的地方立即脆化成了碎片。他只好让它掉在原地，心想好在这里没有风，否则风一吹，这纸片一定全部变粉末了。

黎簇继续去动其他两样东西，却发现军官证的两面粘在一起变成了一个整体，根本翻不开，钢笔更是无法从笔帽里拔出来。

黎簇暗暗叹了口气，心里想如果自己也被困在这里，是不是也是这副德行。接着，他看到了尸体的手腕上戴着一块腕表，表的款式看不出新旧。他小心翼翼地把表取下来，猜测这表应该很贵，肯定不是普通的表，因为表针居然还在走，而且走得还挺准。

"这肯定是个贪官。"黎簇对其他两个人说道。

"你能关心关心其他东西吗？看看他身上有没有地图和指南针什么的。"

"我觉得吧，他身上所有的纸制品，就算找到了也没有什么用，肯定都保存得很差。而且，他自己都这德行了，我觉得他带的地图肯定也管用不到哪儿去啊。"

说完黎簇就决定不再找了，他实在有点害怕，心里嘀咕着：爱谁谁，小爷我就消极怠工了，怎么着吧。

黎簇刚想到这儿，"啪"的一声，一个东西从吴邪那边扔到了他的身边。又是一具干尸，而且依然是一具军人的遗骸。

他转头一看，吴邪背了四五具干尸从车上下来，对他叫道："这里面埋了肯定不止一辆车，先别管这些死人了，沙子里面还有好多东西。"

"有什么？"黎簇走了过去。这时车头已被吴邪挖了出来，露出了车头前方的东西。

那竟然是一堵被埋在沙子底下的墙，上面的沙子还在不停地往下坍塌，很快墙又要被埋上了。吴邪上去用身体挡住沙子，让沙子从背脊上滑向另外一边。

慢慢走近那堵墙，黎簇看得更清楚了。那是一堵水泥墙，上面写了几个白色的大字：古潼京056。

"这沙子里面有栋房子？"黎簇问道。

"不像是房子。056应该是编号，所以这更像是另外一种东西。"

"是什么？

吴邪实在顶不住崩塌的沙子了，退后几步，墙瞬间就被掩埋。"这应该是一块界碑。古潼京第56号界碑。我们已经到古潼京了。"

古運京056

界碑？

黎簇心里觉得奇怪。他有些不相信，古潼京怎么说到就到了？

界碑往往是用来区分两个行政区域的，而古潼京本来就只是一个传说中的区域，并非一个固定的地名。

"看样子，这儿有好多我们不知道的故事发生过。"吴邪道，"汽车会困在这里，说明这里本来有道路。而这块界碑告诉我们，原本应该有人长期在古潼京这个地方活动。"

"那这里现在怎么什么都没有？"王盟问道。

吴邪没有回答王盟，黎簇看王盟有些尴尬，立即道："我记得在文献上看到过，古潼京本来有三个很大的湖，航拍的时候，他们发现了这个区域，并投下了旗杆，之后派人来找，只找到了旗杆，没有找到任何的湖泊。"

"这湾海子应该就是他们所看到的其中一个湖，这三个海子可能都是能够自由移动的，当年他们投下旗杆后，再来的时候，碰巧三个海子都已经移走了。"吴邪道，"算我们走运，到了这里还剩一个。不过，我更在意的是，为什么他们航拍的时候，要标记看到的三个普通海子。"

"你的意思是？"

吴邪解释道："当时航拍估计是为了进行地质测绘。一般来说，在地质测绘的时候，看到下面有三个海子，只要记录下来就可以了，为什么他们还要派人去找那三个海子？我觉得，他们一定是在海子里或者海子的边上，看到了什么不寻常的东西，使得他们想回来勘探。而且从这儿的界碑来看，他们的勘探活动不是临时的短期工程，规模应该很大。"

说完，吴邪拍了拍手上的沙子，爬到一个沙丘上向四处望去，接着道："但是这里什么都看不到，可能所有的东西已经埋到沙子下面去了。"

"老板，你准备怎么办？"王盟问，"现在我们是落难了。这儿的沙子下面有没有东西，和我们关系不大吧。"

"考察队如果继续往古潼京进发的话，我们只要守在这里，应该要不了几天就能和他们会合。"黎簇道。他心想看这四周的情况，要是贸然行动肯定死路一条啊。海子这里有淡水，沙漠中的水源极难找，肯定是待在淡水边上等救援比较安全。

　　"不一定，我们是在那片绿洲失踪的，他们丢了装备，又少了几个人，也许这次考察会中断。他们会在那片绿洲的四周搜索我们，即使他们继续，肯定也会耽搁好几个星期，我们等不起。"吴邪说道，"现在我们确实是在古潼京，但是你看这里的状况，这个人工建筑我们没有在任何古潼京的资料上看到过，而且这里的沙子是白色的，和照片上的都不一样。这只能说明这一片区域并不是旅游线路上经常出现的那个古潼京，古潼京是一片沙漠，我们可能在另外的区域。而且，我们不知道这片区域有多大。"

　　吴邪看着海子："我们不能寄希望于任何救援，我们只能靠自己。从现在开始，我们必须时刻注意周围的一切，特别是这片海子，它可能是我们活着出去的唯一希望。"

　　海子如果再次移走的话，也许会移回之前大部队休整的地方，这的确是他们三人离开这里的最大的希望。黎簇明白，这附近的水源可能就是这片海子。因为这种移动的海子在沙子底下肯定有着很复杂的地质水源结构，而在沙漠中又鲜有水源特别丰富的地方。

　　"他们知道我们在海子里，海子不见了，他们应该知道出了什么事情。"黎簇说道。

　　"可是海子是没有脚印的，而且水是没有固定形状的，即使他们知道我们顺着海子漂走了，也无能为力。"吴邪道。

　　"要是这片水再也不走了呢？"

　　"那我们要么在这海子边结婚生子，安度晚年，要么冒险自己走出去。"

　　"我们自己走出去需要多久？"黎簇问。

　　"就目前来看我们连个水壶都没有，肯定是做不到的。我们有没有自己走出去的可能，得看我们能在这片沙漠里找到什么。如果我们能整理出一些装备，就可以先把四周探索一下，至少要找到蓝庭照片上的那个建筑，从那边出发，我们会比较好把握方向，毕竟那里有人类活动的痕迹。"吴邪指了指皮筏，对王盟说道，"你的任务就是看着这片海子，你和皮筏留在这儿，如果海子开始移动，你马上叫我们，我们立刻赶回来。现在，我和小兄弟两个人再整理一下这里，看看能不能找到一些有用的东西。"

"早知道如此，你干吗让我把皮筏拉上来，我在皮筏上盯着不行吗？"王盟说道。

"不行，你等下自己跑了怎么办？"吴邪说道，就招呼黎簇，"你过来，帮我搬尸体。"

黎簇骂了一声，自己这人质当得一点质量都没有，却也只能跑过去，埋怨道："这里面有几辆车啊，怎么会有那么多死人，你搬出那么多还没搬完吗？"

"还有好多，全部在车子下面。你自己看就明白是怎么回事了。"

第二十七章 ● 集体死亡的真相

黎簇走近车子，便看到尸体全部蜷缩在车子的底部，被沙子完全埋住了。他看了看车身四周挂下的帐篷布："他们好像用这辆卡车和这块界碑形成了一个夹角，然后盖上了帐篷，用来做一个宿营地。"

"他们有帐篷，但是没有搭起来。看来，这儿没有风是一个假象，需要界碑和卡车作为避风屏障，说明这里可能会出现很大的风暴。"

"那他们是怎么死的？"黎簇有些奇怪。

吴邪猜测："应该是被困死的，这些尸体几乎全在卡车底下，保持着差不多的姿势，说明他们几乎是同时遇难的。看来他们遇到的危机很突然，让他们连做帐篷防护的时间都没有。"

"这能说明什么问题吗？"

"说明咱们必须快点找到出去的路线和方法，否则一旦出现同样的危险，我们也会和他们一样。"

黎簇回头看了看，王盟还呆呆地在海子边晒太阳。他想自己是否该和王盟换一换，毕竟待在水边会更安心，也比拖干尸更舒服。但他再看一眼之后，发现皮筏似乎特别重，而王盟和海子都没有移动的样子，又觉得吴邪这么安排也许另有用意，只好上去帮吴邪的忙。

　　两人忙了半天，终于把所有的尸体从车子底下拖了出来，放到一个地方等稍后再慢慢检查。然后吴邪开始搜索汽车的驾驶室。

　　汽车的玻璃都是完好的，吴邪拉了一下，发出惊讶的声音："竟然是锁着的，习惯还真好。"

　　"敲敲窗户，说交警查牌。"黎簇笑道。

　　"你不懂，在沙漠中一般不会锁车。锁车也多半是从里面上锁的，难道有人在车里反锁了车门？"吴邪跳上车。

　　"也许是驾驶员有强迫症呢？"

　　"我没心情开玩笑。"吴邪扫开窗户上的沙子和白色的碱尘，往里张望了几眼，然后跳了下来，退后了几步，骂道，"真邪门儿。"

　　"又怎么了？"

　　"驾驶员死在里面了，怀里还抱着一个怪东西。"吴邪说，"吓我一跳。"

　　"这死人很特别吗？你对死人不是很有辙吗，怎么这个你就害怕了？"

　　"他不吓人，是他手里的东西吓人。"吴邪指了指车斗里的危险容器，"驾驶员怀里抱着那东西，已经被打开了。如果真如你所说，这个容器装有很危险的东西，那他可能是因为容器里的东西泄漏而死亡的。他可能怕别人误开车门，才会在死前从里面反锁了车门。"

　　"你的意思是，他是自杀的吗？"

　　吴邪不置可否："也许。容器里面是生化危险物质的话，他这样锁上门自杀，别人不可能救他。而车门有一定的密封性，这样也不会连累其他人。"

吴邪又看了看门和车："不过事隔那么多年，橡胶密封圈都老化了，也没有密封作用了。我们在车门边站了这么久都还没死，看来这容器里面的东西应该已经失去杀伤力了。你去找一根撬棍来，我把门撬开。"

"不用，你让开。"黎簇道，"我有办法，这种锁还拦不住我。"

"你想干吗？"

134

"我能弄开这把锁。要是把门撬坏了，这车门就关不上了。等我们需要一个密封空间的时候就抓瞎了，还是保持门完整比较好。"

"这锁已经完全烂了，怎么开？"

"机械锁，烂也烂不到哪儿去的。"

黎簇存心想露一手。他老爹最早就在工厂里做运输驾驶员，对于这种"大解放"的车锁很了解。他开汽车锁的小手艺就是跟老爹学的，只是技术很单一，也不是什么锁都能开，一般汽车上的低端机械锁倒是没问题，高级的就不行了。

他跳上车，也往车窗里看了看，果然看到了里面的尸体。但是隔着玻璃很模糊，看不到具体的样子。他叹了口气，突然看见一具尸体会害怕，但看到那么多具后也就习惯了。他摸着汽车锁，掰了掰把手，就问吴邪有没有细小的金属丝。吴邪解下了自己的钥匙扣，把钥匙环掰直了给他。黎簇往车锁眼里捅了捅，忽然发现不对："这门没锁。"

"没锁怎么打不开？"

"这门的锁被弄坏了，而且还是从外面给弄坏的。里面那人是被关在车里的。"

第
二
十
八
章

●

被
车
围
住
的
海
子

　　他们最终还是选择把门撬开，黎簇把撬得翻皮的门锁拨弄了一下，发现锁被人用铁屑压实了。这是一种最简单的破坏锁的方式，因为除非把锁全拆掉不然基本上不可修复。所以，这种做法一般是恶作剧。

　　再往里看去，他们看到了惊人的一幕。只见驾驶室里几乎被破坏得稀烂，到处是指甲的划痕和拳头砸过的痕迹。而那具尸体面目狰狞地躺在车头里，嘴巴张得极大，显得极度痛苦。

　　"这些全是他弄的？"黎簇看着车头里的情况，咋舌道。

　　"应该是。"吴邪道。

　　"这是喝多了吧。"黎簇想起自己老爹喝醉时候的样子，"这家伙喝了不少啊。"

　　吴邪进到车头里面，来到干尸的边上，指了指干尸手上已经被打开了的容器说道："应该是这个造成的。"

"难道这些罐子里装的都是酒？"黎簇道。

"看这人的情况，比酒可厉害多了。"吴邪拿起干尸的手，"你看，骨头全都碎了，显然这个容器里的东西让他发了狂，所以有人把他锁进了车子里。"

黎簇想了想，觉得很吃惊，因为要造成锁被破坏到那种程度，还是需要一些时间的，而且造成的破坏不可修复。也就是说，当时外面的人没有想把这人放出来。

"来，帮个忙，帮我把他抬出去。"吴邪对黎簇说道。黎簇也进去抓住干尸，往外拖了几把。

刚把尸体从椅子上拉起来，黎簇就觉得手感不对，尸体上好像有什么东西挂在了椅子上，被卡住了。

他和吴邪小心翼翼地往尸体屁股下面看去，就看到尸体下的座位被挖了一个洞，有一条绳子从尸体上垂下，连到了座位下的洞里。

"这是茅坑吗？"黎簇问，"这绳子是怎么回事？"他一边想着一边拉了一下绳子，然后绳子下面的东西从那个洞里被拉了出来。黎簇一看，竟然是一捆手榴弹。

他皱起眉头，还没反应过来，手榴弹再次掉进了椅子下的洞里，绳子上只剩下了个拉环。

吴邪和他对视一眼，大叫："跑！"

两个人几乎是从车头里翻出来的，在沙地里刚滚出去七八米，手榴弹就爆炸了。

气浪冲起，整个车头被炸成了碎片，他们被气浪甩出去十几米。好在是在沙丘上，打在身上的都是沙子。

爆炸冲起的碎片被弹到半空，然后像下雨一样落到海子里。还在海子边上发呆的王盟被吓得半死，忙转头看他们。

黎簇等一切都安静了才爬起来，只觉得耳膜嗡嗡作响。他看向卡车，发现整个车头都没了，只剩下一个被炸开了花的底盘。

但是，车头的惨状不是让他最震惊的，他的注意力被另一个让他更震惊的场景吸引住了。

因为爆炸产生的震荡波和气浪太大，所以这辆卡车边上的沙全部被喷到天上，原本埋在沙里的东西全露了出来。

那是十几辆卡车的残骸，和这辆被炸碎的卡车残骸并排停着，也就是说，吴邪之前的推测没错，这里的沙丘里果然埋了不止一辆卡车。

黎簇刚想叫吴邪来看，却发现吴邪看的是其他地方。他顺着吴邪的目光看去，看到了让人难以置信的情景。

只见环绕海子的沙丘，几乎有一半陆陆续续地被这巨大的动静震得松动了，露出了一排一排的卡车残骸，估计有几百辆。这些车的残骸犹如长龙一样围绕着这个海子，颇为壮观。从海子的这边望向那一边，简直就像是战争大片里的场景。

"这里是停车场吗？"黎簇喃喃自语道。

吴邪没有说话，只是顺着海子边开始往前走，沙丘下一排一排的卡车残骸，他发现所有的卡车残骸下面，都有干尸蜷缩在一起，他们半截身子都被沙子埋了。

"这地方肯定发生过大事。"吴邪叹了口气，"看来，咱们有得忙了。"

第二十九章 ● 猜想

　　黎簇、吴邪和王盟合力在一辆卡车残骸边上清理出一块干净的区域，三人半躺着休息。黎簇心里还是有点发慌，毕竟他知道自己身后的卡车残骸里原来铺满了死人，而卡车残骸下面也许还有一两具尸体被埋着没有挖出来。

　　环顾四周，黎簇问王盟："为什么这些当兵的要用这些卡车把这个海子给围起来？"在他们刚才的巡视探索过程中，他们发现了起码有三百辆这样的卡车残骸，所有的人都死在卡车残骸周围。从排列来看，这种布局不可能是偶然形成的，这里明显是一个由卡车构成的环形宿营地。

　　对于卡车围着海子环一圈的排列方式，吴邪觉得当时这些军人的判断是正确的。因为这里车太多了，如果不采用这样的停放方式，比如说，排成一字长蛇阵，那么很多卡车便会停在离海子特别远的地方，打水烧饭都不会太方便，毕竟在沙漠中生存最重要的注意事项就是要尽量靠近水源。

吴邪点起一根从干尸身上找出来的香烟，尽管那东西干燥得完全没有一丝水分，但聊胜于无，然后他对王盟道："除了这种常规的解释，还有两种比较大的可能。一种是在沙尘暴来临之前，他们想通过这个方式把这个海子保护起来，不让它被沙尘暴掩埋，这样的话也许可以在这边生存更长的时间。一支有三百多辆卡车的车队被困在沙漠当中，他们的生还机会是相当大的，因为他们的人力物力都相当充足，有足够多的方法可以派人外出寻找救援，只要把资源集中在几辆车上面，分几个方向出去，就很可能到达人类聚集的地方。但他们还是被困死在了这里。这很反常，有可能就是一场史无前例的沙暴造成的。"

　　黎簇看到吴邪说这些话的时候，脸色并不是特别淡定。于是他问吴邪："另一种可能呢？从你的表情我觉得你心中更倾向于第二种可能。"

　　吴邪叹了口气，道："其实在很多时候，我遇到的事情都有很奇怪的结果。也就是说概率最小的反常情况往往就是我最可能遇到的情况。现在也是，我推测的第二种可能有一些离奇，但是，第一种可能，你听着觉得毫无破绽，实际上很多事情是我们从现象反推出去的，里面有很多的古怪细节我们都会本能地避而不谈。比如这个海子，真的会被沙暴吞没吗？这么大一个海子，就算沙暴再大，水这种东西也是不可能完全被覆盖的，因为你往水里扔沙子，水位会越来越高，海子会变得越来越大，它并不会消失。"

　　"老板，我觉得你考虑的第二种可能我们还是别听了，万一真的第二种才是对的，那我们肯定要倒大霉了。"

　　吴邪看了王盟一眼，还是继续说道："另外一个可能就是，他们其实是想用这些卡车围这片海子。他们想把海子困住，不想海子离开。"

　　"把海子困住？"王盟道，"为什么他们要把海子困住呢？"

　　吴邪摇头："这就不知道了，如果是第二种，显然他们最后失败了。"

　　这种说法有点惊悚，黎簇觉得不太可能，他认为推理这种事情，应该都是根据事实来推断的，而这个想法完全是一种臆测。他更加觉得吴邪的脑子在某些方面有一些不正常，于是反驳道："这片海子能在沙漠上自由地移动，而且它又全是水构成的，水怎么拦得住呢？"

"我说了这只是一个想法，一种可能。再说了，这海子移动的方式我们并不知道，你怎么知道拦不住呢？"

黎簇叹了口气，他其实还是一个比较实在的人，这种思考方式他觉得再讨论也没有意义，便改口道："说了这么多也没有结果，咱们现在最重要的是活命。吴老板，你觉得咱们能活着出去吗？以你的经验，你应该有一个大概的把握吧？"

吴邪道："现在我还不能下定论，反正这三百多辆车，上千人的队伍，全部死在这里了。假设当年把他们困住的力量还在的话，那咱们肯定是凶多吉少。我们唯一的优势就是我是你们的老板，我对于这些东西特别了解，所以我现在既不害怕，也不恐惧。我相信以我的经验，但凡这儿有任何诡异的因素，只要有水维持生命就能慢慢想法儿破解，所以这个海子对于我们来说确实很重要。"

吴邪正说着，黎簇突然想到什么事，向王盟问道："王副经理，你下去的时候有没有看到海子里面有鱼？"

王盟摇头道："在这种地方哪儿来的鱼，即使有，也相当稀少，肯定很难捉到。你如果是肚子饿了想吃鱼的话，我可以试试抓一些。不过这有好多现成的腌肉，我觉得把这些腌肉放在水里煮，味道一定不错。"说完，王盟还看了一眼吴邪。

黎簇想了想，发现他所说的腌肉指的就是那些干尸，当时冷汗就下来了。他看了一下吴邪，想从吴邪的反应来判断王盟是不是在开玩笑。吴邪却说道："这也不错。唉，想不到啊，无数次出生入死，每当弹尽粮绝的时候，就准备去吃死人的风干肉了，但每次到最后都能化险为夷。这一次老天给我准备了这么多的风干肉，难道是想让我一次把以前没吃的全部补上吃个够吗？"

王盟继续捧哏："人肉这种东西，风干了吃起来跟牛肉干差不多，水分都脱干了，无所谓。"说完他还拍了拍黎簇，"你习惯了就好。"

黎簇全身发毛地问吴邪："你们都吃过？或者说尝过一点点？"

王盟摇头，吴邪也摇头。

黎簇松了一口气之余，又说道："那你们说得那么理直气壮干什么？"

吴邪道："这你就不懂了，干我们这行，越是恐怖的事越要轻描淡写，越是轻描淡写了，等你真遇到……怎么说呢？你也就没那么痛苦了。"

黎簇道："呸！我可没你们那么缺心眼，这也太能骗自己了。"

吴邪道："小伙子，等真的弹尽粮绝的时候，你再这么想就来不及了。我也不管你，反正你是我们的储备粮，等我们吃干的吃腻了就吃活的呗。"

黎簇又呸了一口，他当时还没有意识到吴邪这句话里包含着多么深刻的经验和智慧，也完全没有意识到，他们现在面临的最严峻问题正是有限食物的分配。王盟和吴邪说这个看似扯淡的玩笑话，其实正是为了避免在大多数困境中最让人头疼的"初期信任"崩溃的局面。

这些东西，他当时还理解不了，等他真正理解的时候，却又是另外的局面了。

第三十章

●

困境的整理

　　玩笑开过之后，吴邪一边走，一边对另外两人说："现在最重要的事，就是搞清楚这里惨剧发生的原因，所以从明天开始，我们要把所有的车都检查一遍。我们现在最最走运的是什么呢？是这里的人都是被风沙困住掩埋而死，而不是因为食物跟饮水耗尽而死，所以，也许车上会有很多资源。这些资源，比如军用压缩饼干，也许在这么干燥的天气里还可以食用，所以我们一定要非常非常仔细地寻找所有车辆，然后搜索每一具尸体身上的干粮。"

　　黎簇问道："你是怎么知道这些人并不是渴死或者饿死的？我觉得大风沙的话，最多把人困住不会把人困死，所以他们的死因还是食物和饮水耗尽了吧。"

　　吴邪拍了拍黎簇的肩膀："小孩子在城里生活太久了，你知道什么是大风沙吗？"黎簇摇了摇头，吴邪道，"所谓的大风沙就是在发生的时候你身边所有的东西不是气体而是固体，你明白吗？也就是说最终你是窒息而死的。窒息又分两种情况，一种是大量的风沙灌入你的口鼻，让你无法呼吸，如果你没有一个特别坚实的避风夹角的话，你会死得很惨很惨；第二种就是你被风沙掩埋。"

"收……收的士耐！"黎簇说道。还没说完就被吴邪从沙丘上踹了下去："说中文。"

接下来整整两天时间完全是非常烦琐的整理工作，起初黎簇还对死人有些恐惧，但是到了第一天黄昏的时候，黎簇已经可以像吴邪一样，把那些干尸当成没有生命的物体来处理了。果然如吴邪所料，他们在这些卡车上找到了一些压缩饼干，整理累了就吃点饼干喝点海子里的水，也不能多考虑食物和水的质量了，保命要紧。

他们把所有的尸体从车里面扒出来，然后找了远处的一个沙丘，把尸体一具具地掩埋。后来他们发现尸体数量实在太多，靠他们几个人的力量根本无法埋得那么干净和整齐，所以他们只好把尸体从沙丘上抛下去，然后顺沙子滑落，他们想用尸体把这个沙谷填满。

到第二天下午，他们初步估计已经处理了一千多具尸体，数量庞大的尸体堆成了一座小山。吴邪决定给这些死去的军人立一块墓碑，在立墓碑的时候，黎簇问吴邪给墓碑起个什么名字比较好。

"叫什么名字好呢？"吴邪道，"不管他们因为什么目的来到这个地方，毕竟人已经死了，尊重死者是我们的传统美德。"

"那叫作千人烈士纪念碑吧？"黎簇说道。

王盟反驳道："烈士虽然是一个光荣的称号，但叫烈士总让人不太舒服，还不如起一些有人文情怀的名字。"

吴邪看着他："人文情怀，你也懂人文？"王盟挠了挠头，呵呵笑了笑。

黎簇继续说道："不如就叫离人悲吧。离人离人，离开家乡的人，再也回不去了，到底是哪个悲呢？当然是空悲切的悲啰。"

吴邪点了点头："果然是祖国的好花朵。不错，咱们把这碑立上。这三个字你会写吧？"

"我是高中生。"黎簇怒道，"我和你们这些文盲不一样。"

他们找了一块金属板，吴邪刻上"离人悲"几个字，让王盟死死地敲在沙丘里面。黎簇发现吴邪的字写得相当漂亮，意识到这个盗墓贼应该不能被称为文盲。

几个人拜了拜，吴邪念叨着："各位大哥大姐、叔叔伯伯，我知道你们的灵魂还在四处游荡，他们说在沙漠里困死的人永远走不出沙漠，请你们放心，只要你们保佑我们，跟着我们走，咱们就一定能出去。该投胎的投胎，该吓人的吓人，该拍鬼片的拍鬼片，大家谁也不耽误谁。O不OK？"

黎簇问道："你在哪儿学来这么多的天堂话？"

吴邪说道："这是我一朋友的特长。我现在发现在这个时候说这种话，能够暗示自己就算死了也要死得开开心心的。"

"你朋友的想法怎么全都那么丧。"黎簇说道。

吴邪嘿嘿一笑："我那朋友不是仅仅用'丧'就可以形容的，有机会介绍你认识，如果你不被我炖了的话。"

几个人处理完干尸，便开始处理死人留下的东西，确实如吴邪所说，这些人身上有好多的东西。最后他们整理归纳起来的东西有三四麻袋那么多。

分拣工作进行着，黎簇发现王盟找出来的东西大部分是金银首饰。

军人是不能随便戴首饰的，这些东西应该是他们随身揣着的，有好多是当时的粮票和钱币，还有一些用油布包裹着的戒指和手表之类的。

黎簇怒道："你偷死人的钱啊？"

王盟也不生气，悠悠说道："你这就不懂了，把它们埋在这鸟不生蛋的沙漠里，最后经过几十亿年变成矿物，也没有被人重新开采的机会，对吧？所以埋在这儿就浪费了。给我，老子把它带到文明世界去，这就能给老子换钱，或者变成纪念品。这都是好事，这就是发挥余热，让这些人的生命以金钱物质的形式通过老子的手延续下去。"

话没说完，王盟被吴邪拍了一下脑壳："平时招待客人的时候不见你这么机灵，捞钱的时候就这么机灵。"

王盟道："这是跟老板学习的成果。"

正说着，黎簇从王盟的那堆东西里面拿出来一枚小戒指，这明显是一枚女戒，黎簇说道："唉，那尸体里面还有女人啊？"

王盟点头："应该有，但是都成那样子了，是男是女也无法分辨了。"

黎簇说："把这些男男女女共埋在一个地方会不会不太好啊？"

吴邪道："管不了那么多了。"

说着，几个人都不由自主地往坟山的方向望了望，然后相视一笑，心说去鉴别这些干尸是男是女的过程更加亵渎这些尸体，他们这么做其实真的已经仁至义尽了。

三人笑完之后，正准备继续分拣遗物，忽然吴邪皱了皱眉头，说道："不对！"

黎簇道："我就说不对吧，咱们还是去把女尸挖出来，重新找个地方埋了算了。"

吴邪说："不是说这个，咱们刚才立的墓碑呢？"

几个人都站了起来，再次往沙丘那边看，发现他们刚刚插在山上的墓碑真的不见了。

黎簇问王盟："会不会插得不结实，倒下去了？"

王盟怒道："老子插在沙子里面最起码有八九寸深，哪里那么容易倒，这里又没有风。"

吴邪想了想，摸了摸下巴，说道："抄家伙，走，去看看。"

几个人走过去，王盟还不忘记把他那堆破烂货全收起来放到他那破麻袋里。到了沙丘上一看，那块墓碑已完全不见了踪影。吴邪"啧"了一声："怪事年年有，今年特别多。"说完他看向黎簇和王盟，露出一种特别哀怨的表情。

"你这是什么表情？"黎簇问道，暗觉吴邪的脑子似乎真有点不太正常。

"这是可怜你们，也可怜我自己。我有一种不祥的预感。"吴邪说道，指着沙丘刚才有墓碑的地方，"但凡我遇到这样的情况，必然会发生各种诡异的事情，所有的事情最后会串联在一起。看来，这个地方应该不止我们三个会动，你们仔细看沙子。"

黎簇顺着吴邪指的方向看去，只见沙丘另一边有一条蜿蜒曲折的浅浅的痕迹，因为沙子是白色的，所以痕迹不明显。他走过去蹲下来摸了摸，觉得好像是蛇类爬行的痕迹。

"什么蛇？沙漠里的蛇会搬东西吗？"黎簇心里说。

痕迹一直往下蜿蜒到了沙丘下他们所谓的"离人悲"的乱葬堆里面。在这个沙谷里，埋着一千多具尸体，这让黎簇也觉得相当不是滋味。

"似乎有东西从尸体堆里爬了出来，看这些痕迹应该是个长条形的东西。咱们刚刚搬干尸的时候有没有发现蛇或者类似的活物？"吴邪问。

另外两人都摇头，王盟还说道："就算有蛇，看痕迹这东西也不大吧，否则痕迹不会那么浅。它们也不可能把墓碑都扯下去呀。"

黎簇也否定了吴邪的判断："不对，这些痕迹不是在沙子面上形成的，而是沙子底下有什么扭动造成的。难道，沙子下面，活动着某种蛇类或者长条形的东西？"

吴邪摸了摸下巴，看了看一边环形的汽车宿营地，摇头道："原来是这样，这里有一个矛盾，不知道你们发现了没有。"

第三十一章

● 突袭

吴邪所指的矛盾，是指他们发现的干尸全都在车子底下，说明他们生前是待在沙地上的。如果说这里所有的沙子都有危险，不是相当不明智吗？

吴邪道："咱们分析一下，这里所有的人都躺在沙地上面，应该能说明，沙子底下这东西即使存在，也应该不是什么特别可怕的东西。不过以防万一，我们还是待在车斗里面，今天晚上不用太过焦虑。"

"也许是当时他们被困的时候，沙子下面的东西还不存在，后来才来的，咱们还是小心点吧。"黎簇道。

王盟道："小心是必然的。不过，你这想法也够丧的。"

话刚说完，三个人都看到埋葬死人的沙谷里面，有什么东西拱动了一下。吴邪愣了愣，对他们道："抄家伙。"

王盟问他干吗，吴邪道："主动出击比较好。走，去看看。"

　　三个人冲下沙丘，吴邪拿起一根铁棒就朝那个沙子拱动的地方插了下去，搅动了几下，发现什么都没有。他继续往边上插去，刚刚那些东西在沙子里面移动，肯定是活物。而且在沙子里不同于在水里，速度不可能太快，活物应该还在附近，最多是在沙子的深处。这样想着，他更用力地刨着沙，刨了几下之后，发现还是没有东西，就四周乱插，想把那东西从沙里惊动出来。

　　吴邪弄了大概有半支烟的工夫，黎簇和吴邪都发现了问题。吴邪道："咱们没把干尸埋得那么深吧？"

　　"什么意思？"

　　"插了半天，什么都没插到啊。尸体呢？"吴邪道，"把这沙刨开，看看我们之前埋的那些干尸还在不在。"几个人弯腰开始刨沙，刨了六七个小坑后，他们就发现之前埋下去的干尸竟然一具都不见了。

　　吴邪擦了擦冷汗，道："我改变主意了，这地方咱们不能待。"

　　"为什么？"

　　"这地方所有事情我们都无法理解，这里就像一个鬼域，待在这里的话我们肯定会出事。虽然我很好奇继续待在这里会发生什么事情，但是我觉得不管怎么样，还是得离开这儿，没有必要冒这个险。快走，去把所有能装水的东西全部装满水。带上所有我们能用的东西，在天黑之前必须出发，离开这里。"

　　话音刚落，王盟突然惨叫一声，整个身子一下子被什么东西拖进了沙里。黎簇以为他踩到沙坑陷了进去，刚想去拉他，就听见王盟继续惨叫了一声，整个人像被什么东西用力吸进去了一样，消失在沙堆里。黎簇愣住了，胡乱地在沙堆里面刨了几下，发现沙堆里面什么都没有。他回头一看吴邪，发现吴邪已经跑远了，而且一边跑一边大叫："赶快逃命！"

　　黎簇这下才反应过来，刚刚转身，整个沙堆就涌动了一下，沙堆里似乎有什么东西朝他的方向蠕动了几寸，他立即向着吴邪的方向拔腿就跑。

　　吴邪在沙丘上也跑得不快，跑了几步之后，相差十几米的两个人都摔倒在地。吴邪还想立即爬起来再跑，却因为沙丘太陡，爬了几下都没有起来，反而往下滑去。

黎簇比他更惨，连沙丘的腰都没有跑到，就立即滑回坑里。几乎就在那一瞬间，他听见沙子里面传来一阵咕噜咕噜的声音。接着整个沙堆都在蠕动，黎簇看到有什么东西在沙堆下面朝着吴邪飞快地钻了过去。

接着，他看着吴邪爬到沙丘顶上，正准备用翻滚下去的方式往沙丘另一边逃走，但一瞬间，沙堆脚下的那个东西就钻到了吴邪的脚下，吴邪半个身子也被猛地拉入沙里。

黎簇完全被这个景象吓蒙了，在条件反射之下，他站起来朝另外一个方向跑，又跑出去几步，再回头看，发现吴邪完全消失了。整个沙漠无比安静，好像什么都没有发生过一样。

黎簇骂了一句。他也不敢动，因为不知道接下来会发生什么，一下子僵住了。他看着四周，只有一望无际的沙滩和沙滩那边的海子。他闭上眼睛，觉得自己的结局和吴邪、王盟不会有太大的区别，只是时间问题罢了。

然而他闭着眼睛等了很长一段时间也没有任何异变出现，于是他再次把眼睛睁开，发现四周还是同之前一模一样，没有任何东西来袭击他，四周什么变化也没有。

黎簇皱起眉头，又缓了一段时间，才意识到似乎那个攻击吴邪和王盟的东西对他没兴趣，或者说没有发现他。这是什么原因呢？难道是因为声音吗？他想起很多欧美恐怖片里面关于沙丘里的怪物的情节，心想这个怪物如果不是靠嗅觉的话，那么因为在沙漠里面沙子传声效果极佳，也许那东西是靠听觉。

"如果我不移动的话，或许那东西发现不了我。"黎簇在心里默默想着，但是现在这里艳阳高照，如果不移动的话，过一段时间就会被完全晒干。怎么办呢？

黎簇慢慢镇了下来，小时候受过的各种苦难让他在这里有了坚强无

比的神经。他决定做个实验。他慢慢地把皮带解开，朝自己面前不远处的沙丘甩了过去。皮带掉到沙丘上，迅速滑落，带起了一个小型滑坡。

他屏住呼吸，看着那个方向，观察四周会不会有什么东西朝那个地方爬过去。

第三十二章

●

夜半歌声

什么都没有。皮带还是在那里一动不动。黎簇觉得莫名其妙，难道那东西已经走了？他一点一点地挪动脚步，想踩上沙丘，但一挪动，他就感到不太对劲。

很难形容这种不对劲，他花了好几秒去感觉，才意识到那是什么感觉：他的背后好像站着什么东西。

他僵直了脖子，慢慢低下头，小心翼翼地把目光往后挪去，果然看到他的影子后有一个巨大的阴影，有什么东西就那么直挺挺地站在他身后。

黎簇倒吸一口凉气，心里想象出了无数种他身后东西可能的样子，心想：喵了个咪的，死定了啊，那玩意儿竟然在自己的身后。

身后的东西没有发出任何声音，甚至没有呼吸的声音，这让他觉得万分恐惧。就在意识到这种恐怖的一瞬间，黎簇拔腿就跑。冲出几步之后，他回头去看，只看到一条长条形的黑影，瞬间没入沙堆之中。一切发生得太快，他什么都没有看清楚。接着，他看到沙子下那个东西涌动着，朝着远处奔驰而去。

这景象吓得他几乎要尿裤子，直到那个波痕消失在沙丘的尽头，他才爬起来，径直往海子边冲去。冲到海子边之后，他爬上一辆卡车，躲在一个角落里面，不停地发抖。

他不知道自己看到了什么东西，但他知道这东西一定不属于人间，而且是他所不能对付的。如今绑架他的两个人肯定已经遇害了，现在只剩下他一个人，这个世界上也许没有比这更糟糕的事情。

以前黎簇幻想的那种冒险、那种探险的经历、那种脱于尘世的刺激感，在这一刻完全消失了。他想着在城市里再苦再累，也都是安全的，跑来这里，随时会有失去性命的危险。与沙漠里的未知恐怖相比，之前那两个可恶的家伙，现在他想来都觉得无比可爱。

胡思乱想的黎簇脑子一片混乱，在车斗里瑟缩了很长一段时间，一直瑟缩到自己筋疲力尽，恍恍惚惚地睡了过去。等他醒来，天已经全黑了。

黎簇把头探出车斗，向窗外望去，看到被他们整理出来的一排卡车周围，安静得如鬼域一般。海子还是平静地躺在这排车子前，似乎没有离开的迹象。他腹中饥饿，想起收集来的东西里面似乎有些东西是食物。又想起吴邪所说的干尸的事情，心说这下连干尸都没得吃了，果然吴邪这个人每次想吃干尸都不会得逞，上天总会用各种方式来避免这样的错误。

他不敢出去拿那些类似食物的东西，在黑夜中，他更加被动。天上有一轮圆月在夜空映照着，在四周洒下一片银霜，但这个银霜的照明效果实在太低了，他决定继续忍耐。

可能因为之前睡得太沉，这一觉睡完之后，他精神抖擞。因为不知道时间，他就一直在车斗里面平躺着，尽量降低自己的呼吸声不让声音传出去。他一边骗自己说这样是很安全的，一边又觉得四周有着无数的危险，自己在这边自我感觉似乎安全，其实没有任何的意义。

就这样熬过了上半夜，到了下半夜的时候，他又突然发现不对。他开始有点犯困，难熬的饥饿、口渴，也因为他的困意而消失了。他心里想着这是不是死亡的前兆，也许是他脱水太严重了。如果他晕过去的话，可能就会这样去了，所以他硬忍着。但实在没有办法坚持太长的时间，他熬着熬着，慢慢又睡了过去。这次睡眠可能只有七八秒，他就突然间又惊醒。他觉得奇怪，刚刚似乎有什么东西把他的睡眠打断了。等他揉揉眼睛想缓一下，打起精神，却忽然听到车子外面远远的地方传来了一阵奇怪的声音。仔细一听，竟然是歌声。

"怎么会有歌声呢？"他屏住呼吸，心说这该不会还闹鬼吧。

"又是怪物又是鬼！老子该不会穿越了吧。"黎簇想着。他实在是太疲倦了，脑子一片空白，又觉得其实这样也不错，假设自己死在这里，就化成厉鬼把那个怪物干掉。

那歌声又传入黎簇的耳朵，难道是吴邪和王盟的冤魂在唱歌？那两个家伙果然是疯子，死后的行为也匪夷所思。但他仔细一听，那不是男人的声音，而是女人的声音。

第三十三章 · 车上的活口

黎簇心里更加发毛了，他凝神听了几分钟，耳朵逐渐适应了安静的气氛，慢慢地把那些声音剥离了出来，他发现那不是人在唱，而是收音机的声音。这些卡车里面都配有收音机，但经过这么长时间，怎么还会响呢？难道还有收音机没有坏，能正常工作？但这不可能呀，就算收音机没有坏，能支撑这么多年，电池电量也早已耗尽了。

他全身紧绷地一点点挪动，把头从缝隙里面探出去，往声音传来的方向看去。一看他就发现不对，只见隔他有七八辆卡车的地方，竟然亮着灯，并且不是卡车的大前灯，而是卡车车厢里面的内灯。那歌声就是从那亮着内灯的车厢里面传出来的，竟然真的有电，难道这地方还有人住？

还有人活着？恐惧加上期望的心情同时涌了上来。如果那车里不是活人，那就可能是这里的鬼魂了。但是如果是鬼魂，这表现得也太奇怪了吧。黎簇决定冒险去看一看，他轻手轻脚地从卡车上爬了下来，落在沙子

上的一刹那，他闭上眼睛，幻想着会不会有一双手从沙子里面伸出来把他拖入沙子里。

但是什么都没有发生，黎簇松了口气，一点一点地朝那辆卡车挪动，一直走到那辆卡车边上，都没有发生什么事情。

黎簇不想惊动卡车里面的东西，偷偷地爬到了那辆卡车边上的另一辆卡车的车斗里，然后靠近这辆车的车头，从缝隙里近距离地望向亮着灯的卡车车头。他看到那辆卡车里面的灯亮着，在灯光里面有一个人影正在晃动，他咽了口唾沫。

奇了怪了，自己该不是在做梦吧？白天清理这些卡车的时候，所有的车他都看得清清楚楚，没有人啊。难道，这里其实还是有人活着，只是白天他不在这个地方待着。

黎簇的脑袋里闪过很多念头，此时他的恐惧倒是消退了不少。他和吴邪的区别在于，他对于想象中未知的恐惧并不在意。

黎簇刚想再去看个仔细，忽然他所在的那辆卡车车斗抖动了一下，整辆卡车向沙子里陷进去了一米多深，接着上面所有的沙子如瀑布一般倾泻了下来，似乎想把这辆卡车重新埋住。他吓了一跳，立即倾斜着朝着卡车的后斗跑去，结果重量一变化，整个卡车的车斗一下子翻倒在地上，就像扣碗一样把他扣在了车斗里面。他被关得死死的，心想怎么会这么倒霉，挣扎了几下，发现根本就没有办法把翻倒的车斗推开。他只能不停地向下挖，想在沙子底下挖一个洞出去，但是沙子是流动的，就算他不挖，沙子也在剧烈地流动着，他一挖，沙丘塌陷得反而更加厉害了。

黎簇和那个车斗越陷越深，他简直要被活埋了，他只能不动。一静下来，他就听到那收音机已经被关掉了。接着，他听到旁边的沙堆上有人走路的声音，听脚步声他知道那人是走到了车头上面，踩得那个金属的车头板哐哐地响。他心说：完蛋了，这是什么东西？老子一定被发现了。

黎簇深吸一口气，准备无论发生什么情况，只要有空隙他就拼命逃跑，然后跳入水中什么也不管了。就在这个时候，他清晰地听到"咔嚓"一声枪械上膛的声音。他愣了一下，心说：用枪，那就不是怪物，是人了。他立即对着外面大喊："我是人，我是人！我是这里的落难者，我是游客！"然后那脚步声瞬间移到了他的上方，在他的上方踩了两脚。

黎簇继续大喊："别开枪，枪下留人，我不是有意要偷看的！"接着，他就感觉到，车斗上的人跳了下去，开始在车斗的边上不停地摸索，似乎要把他救出来。

黎簇稍稍安了心，刚喘了口气，忽然一声闷响，整个车斗剧烈地抖了一下，他看到一个弹孔出现在了车斗的顶上。

那个人竟然对着车斗开了一枪。

"我是活人啊，我是人啊！"黎簇大惊失色，刚说完，又是两枪，竟然打在了他的脑袋边上，溅起的沙子喷了他一脸。

黎簇吸了口冷气，心说：完全不管我死活啊，看样子是想杀了我。他不敢再叫了，而是拼命朝边上靠去，想避开子弹。

那人没有再开枪，黎簇借着从那几个弹孔里射进来的月光，看到上面有一个影子在不停地晃动，不知道在干些什么。忽然，一个什么东西，从弹孔中伸了进来，然后转动了一下。黎簇发现那是一个钩子。

那人拉了几下发现结实了，就跳下了车斗，接着他听到铁链拉动的声音。

车斗被吊了起来，黎簇松了口气，望着不停滑落沙子的车斗被提起来，迫不及待地往缝隙移动，想爬出去。

外面的空气又冷又清新，虽然他被困了没几分钟，但是那种窒息的感觉已经让他很难受了。经过这次，他似乎受不了特别狭窄的空间，这一点在以后改变了他很多东西。

黎簇爬出半个身子之后，转头去找人，看到了一个动滑轮装置，立在一边的卡车上。之前他只觉得是件奇怪的货物，现在才知道用处。

车斗虽然被吊开，但是要自己爬出沙坑还是很累的，黎簇便转头想找人拉一把。他觉得这是人之常情，既然对方都把车头吊开了，再拉自己一把肯定是必要的啊。

于是他对边上的人道："拉一把，兄弟。"

没想到迎接黎簇的是重重的一枪托，正好砸在他脑门儿上，他差点晕了过去，趴在沙地上，吃了一大口沙。恍惚间意识到自己被人从沙坑里拖了出来，接着他感觉到有人开始搜他的身。

黎簇心说：这年头治安太差了，沙漠里都有劫道的。恍惚间他看到对方的枪就挂在自己面前，看样子对方对于给自己那一枪托还是很自信的，没想到自己还有反抗能力。于是黎簇伸手一下抓住了那把枪，两只手一起用力，想把枪夺过来。

那人反应也相当快，立即扯住了枪的带子，两个人不停地拉扯，翻滚在一起。沙堆在这种剧烈的运动下，完全不能支撑他们的体重，他们都想站起来获得某些优势，但是只要想用力翻起来，沙堆马上就下陷，他们整个人就再次陷到沙里。在翻滚中，黎簇背后的伤口被撕裂了，沙子滚到伤口里，疼得他几乎发了狂。正因为这样，他的力量在短时间内爆发得非常厉害。那个人虽然比他高大很多，但是占不到丝毫便宜。

第三十四章

● 奇怪的老头

在彼此的怒吼中扭打了好多下，终于两个人都翻到了海子里。黎簇用力把那个人推开，"扑通"一声，枪不知道被甩到了什么地方，远离了那个人。然后那个人从水里站起来，也是气喘吁吁的。两个人彼此对望着，在月光的照耀下，黎簇发现那个人的皮肤异常苍白，似乎不是个年轻人，而是个老人。

"你是谁？"黎簇朝他大喊道，"为什么攻击我？我是过路的！"

喘了半天气，对方才用一种奇怪的语言说话。黎簇听了听，发现这是一种当地的方言，如果把它当作普通话来听的话，会永远听不懂，但是假设按照发音去猜的话，也能猜出大概的意思。

陌生人似乎也是在问黎簇："你是谁？"

黎簇心说：你管我是谁。我是谁并不重要，我是个落难者，我被人绑架到了这里，他们被怪物抓到沙子里去了，我和你说你也不会相信，而且告诉你我是谁你也不会认识我。但是他一想，刚才自己不是也问了这个问题吗？

对陷入恐惧中的两人来说，对方是谁，永远是他们最想知道的一个问题。

"我是一个落难者。"黎簇想办法让自己镇定下来，"北京人，我在这里迷路了，我被困在这里。本来有三个人，现在只有我一个人了。"

那个人愣愣地听着黎簇把话说完，然后用带着口音的普通话对他道："你是落难者，你怎么落难的？从飞机上掉下来的？"

"我说不清楚。"黎簇挠了挠头，"我说我是坐船来的，你信吗？"

那人打量着黎簇，半天没有说话，似乎是看出了点端倪了，才道："你真的是从沙漠外面来的？不是从沙子里面？"

"骗你是小狗。"

"你是小狗对我一点好处也没有。"那个人还是不敢靠近黎簇，但是有点放松了，"那我问你，现在是哪个年份？"

黎簇把时间和他大概说了一下。

那个人愣了愣，有点呆滞地说道："天，快三十年了。我竟然在这个地方待了三十年了。"

黎簇问他："好了，大爷，现在轮到你告诉我了，你到底是谁？"

那个人看了看四周，指了指卡车，表情呆滞地说道："我是开车的。"

黎簇看他的衣服，发现确实是和那些干尸身上的一样，只是比那些衣服更加破烂，身上还挂着许多东西。

"你是开这些车的其中一个司机？"

那个人没理黎簇，只是自言自语："竟然三十年了。"

黎簇道："你为什么没有死？"问完他就觉得没什么礼貌。

那个人表情有点迷茫，说道："为什么要死？只要知道了这里的规律，就不会死，死哪有那么容易？"

黎簇觉得这个人有点疯疯癫癫的，似乎脑子已经有点问题了。那个人忽然好像想起了什么，猛转头对黎簇道："你说你是怎么进来的？坐船？"

黎簇刚想回答他，他们是坐着有如公交车一般的移动海子来到这边的。忽然对方就把头转向一边的沙丘，似乎在听什么东西。黎簇想说话，那人立即对他摆手，对他道："嘘，先别说。"

　　黎簇被他吓了一跳，不敢再说话，就这么安静地听着。他什么都没有听到，只偶尔有沙丘上的沙子坍落地面的摩擦声从远处传来。

　　黎簇刚想开口问他，他再次用非常夸张的表情对黎簇道："嘘……"接着，那个人一下子沉入了水里，黎簇莫名其妙，就看到那个人拼命地摆手，让黎簇也照做。

　　黎簇只好忍着背后的痛，把整个身子沉进了水里。接着，他听到环绕海子的卡车里面传来了什么东西撞击金属的声音。哐当——在黑暗中他看不清楚是哪边的卡车传来的声音。接着，又是"哐当"一声，他发现这次声音似乎移动了。黎簇十分惊恐，他想起了白天把吴邪和王盟抓进沙子里的东西。

　　黎簇屏住呼吸，静静地听着，慢慢他发现这并不是单一的声音，四周所有的卡车里面都传来了这样的声音，似乎有着无数的东西在撞击着卡车。声音越来越密集，越来越多，很快整个海子边上一圈犹如响起了交响乐一般，此起彼伏的声音让本来平静的沙漠变得嘈杂一片。

　　黎簇听得呆了，他几乎不敢呼吸，他恨不得把整个头都埋在水里面，来逃离这样可怕的声音。恍惚间，后面有人拍他的肩膀，他差点尖叫起来。回头一看，只见那个刚才和他打斗的人，已经悄无声息地涉水到了他的身后，轻声地对他道："放心吧，它们进不来。"

　　黎簇就问那个人："那些是什么？"

　　那个人道："三十年了，我都不知道那是什么东西。你看不见它们，它们在沙子底下，所以当时我们用所有的车围着这个海子，做了一圈屏障。它们没有那么聪明，它们似乎对金属的东西有特别的反应，会攻击这些车，但却无法越过这些车钻到这片区域来。"

　　"围海子？"吴邪当时对于车队的布局有几种解释，不过似乎他全猜错了。

那个人道："这些东西想喝水，喝了水之后会变得特别可怕，不能让它们碰到水，所以我们做了这些措施。但是我们犯了个错误，我们把它们困在外面，也把自己困在了里面。别说了，咱们不要发出声音，否则会折腾一个晚上。"

黎簇听着，觉得有好多东西还是不明白，但是他也觉得现在还不是讨论这些问题的时候。两个人在水里面静静地待着，夜晚的沙漠非常寒冷，刺骨的水泡着他的伤口，让他身体慢慢地麻木起来，不那么难受了。他没有再问什么问题。

也不知道过了多久，慢慢地，沙漠里平静了下去。

他们又在海子里面等了好长一段时间，那个人对黎簇做了一个表示安全的动作，两个人这才深一脚浅一脚地涉水爬到了岸上，来到这个人待的车斗的边上。黎簇浑身都被水给泡肿了，动弹不得。他躺在沙子上，竟然开始不由自主地发抖。那个人爬到了那辆亮着灯的车后面，在车后面的沙子里面不停地刨，刨出一箱东西来，从里面拿出一个小罐子，让黎簇把里面的东西喝下去。

黎簇发现那是一罐烧酒。喝了酒之后，黎簇觉得身子暖了一些。那个人又拿了几件特别臭的军大衣给他披上。黎簇也顾不了这么多，披上大衣之后他顿时觉得暖和了起来。

两个人在黑暗中又等了段时间，那个人才扶起黎簇，往那辆他之前待的车走去。黎簇到车里面坐下来，那人把车门关上，黎簇就发现这辆车的内部被保养得非常好，之前他们搜索的时候，遇到打不开的车门就不会进去，显然遗漏了这辆车。

这时他才看到这人的真正面目。

这人满脸的大胡子，胡子已经长得像电影里的道士一样了，头发和眉毛都过长。这人身上的皮肤已经干得不像样，看上去有七八十岁，但他从这人刚刚的体魄和搏斗时的力量来看，这人应该正值壮年，显然是恶劣的气候让这人变成了现在这个样子。

这人也在打量着黎簇，看着黎簇，他忽然嘿嘿地笑了起来，用口音特别奇怪的普通话说道："我终于看到一个活人了，我以为这辈子我会一个人在这里老死。"

黎簇看着他，问道："你白天就在这个车厢里？我们有三个人，白天在这里不停地转，一直在挖掘这些车，你一直没有看到我们？"

这人摇头道："没有。我一般不出来活动。那些东西对于声音特别敏感，我一般就待在这辆车里，这辆车之前被埋在沙子里，我在车子里面把所有的时间都用来睡觉了。我不知道自己会睡多长时间，我一直睡一直睡，直到自己实在是饿得渴得不行了，才会出来活动，吃点东西。"

黎簇心里想：难道他们在这边活动的时间里，这家伙就一直在车上睡觉？确实有可能，因为他们把这边所有的车都刨出来，也花了不少时间。但是很多车里面他们并没有仔细地搜查，对于他们来说，这里的车数量实在是太多了，他们不可能依次检查。不过，他心里隐隐约约觉得哪里有些不对劲。

这种不对劲源自黎簇对于这人细节方面的感觉，其中最主要的，是他觉得这人独自生活了三十年，太不可思议，如果自己一个人独自生活了三十年，肯定已经疯了。而这人思维虽然有点慢，但是看上去，却未免太正常了，太过正常反而是一种不正常。但是，这人的胡子绝对是货真价实的，这样的胡子，身上这样的皮肤，不是在这种地方被困了那么长时间，估计好莱坞的化妆师都弄不了这么真。

不过黎簇还是太年轻了，即使觉得哪里不对，也没有深入思考下去，毕竟他以前没有遇到过这种人，也就无从比较了。

这人继续说道："对了，你既然进来了，会不会有人来救你？到时能不能把我一起带出去？哦，不行不行不行。"这人说完这些话就用力摇头，"任何人靠近这里，都会被那些东西抓住，救人等于害人。"

黎簇道："我觉得你可以放心，不太可能会有人来救我。"他就把他参与到这件事情的经过全部告诉了这人。这人听了之后，有点神经质地皱起眉头，似乎在思考，但是他什么都不说，眼神却不由自主地瞥向黎簇的后背。

　　黎簇没有在意，问他："我讲了那么多，你说说你的事情吧。这些卡车到底是怎么回事？"

　　这人把目光收住，看向黎簇。黎簇继续问道："你们这个车队是怎么到这儿来的？这里到底发生过什么？"

第三十五章

● 往事

　　这人摇头，说道："我们是怎么到这里来的？我们不是到这里来，我们就在这里。"他指了指车外的那片沙丘对黎簇说道，"这里原本是一个工厂，有很多房子、很多帐篷。我也不知道上头为什么让我们到这儿来，时间太长了，我也记不清细节了。三十年了，我只记得我们是在执行任务，我们是这个地方的常驻车队，负责在另一个工厂和这儿之间运送物资。"

　　"这些都是卡车，我当然知道是运输东西的。"黎簇道。

　　"没有那么简单，因为我们是在双向运输。我们从外面的工厂运进这里的，大部分是生活物资、汽油这些东西，但是最多的，是一种奇怪的容器。"这人道，"那是很多奇怪的容器，上面打满了铆钉。我们运进来的时候，那些容器都是空的，但是等我们运出去时，这些容器都是满的，里面装满了东西。

"毫无疑问，这些容器里装的东西，应该就是在这片沙漠里生产的。但我不能问那东西到底是什么，因为我一问，上头就说这是一个绝密的任务，我们只负责运输。我们每一辆车上都有保密专员，假设我们的车在有人的地方翻了，这个专员就会拿出枪，不让附近的任何老百姓靠近，必须等到我们自己人过来才行。我们每天都从这里运东西出去，不停地运。

"有一次我们从这里运了一批奇怪的容器出去，再次回来的时候，就发现这儿的工厂被关闭了，然后我们在自己的物流基地待命，一直没有新的任务来。我的直觉告诉我，肯定出了问题，就算不运输货物出去，在这里我们的资源和水也会慢慢消耗殆尽的，总要出去运些资源进来。但非常奇怪，没有接到任务，我们一直在待命，上头一直没有命令。

"我们这些车是一个独立的汽车连，后来我们的生活物资没了，我们确信没有东西吃了，就向上级请示。我们给厂里打电话，那接电话的人接起电话来什么都不说，我们不知道怎么办才好。事关重大，难道我们这么多人要在这里饿死吗？所以大家一起商量。当时觉得很奇怪，如果我们都没有东西吃的话，那这厂里的人吃什么东西呢？也不见他们出来和我们做任何交代，也没有索要任何物资。然后我们的班长就带着我们去找厂领导，想了解到底出了什么事情，不能坐以待毙。跑来一看却发现，我们找不到门卫了，厂房都是完好的，电源也是完好的，但是门口没有门卫。我们在门口站了半天也没有人应门。

"我们开车把围栏撞开，进到了厂里。在沙漠建房子很难，通常都是用水泥墩子一点一点地嵌进沙子里面，希望能深入岩层固定住。打桩要打很长很长时间才可以，所以这里的厂房并不大不高。我们撞进去想找这里的负责人以及一个平时和我们联系的人，但却发现找不到。一个活人都找不到，整个厂房竟然空空如也。难道他们已经撤走了，而我们不知道吗？

"但是我们上千人的队伍困在这边，那么多眼睛，他们要悄无声息地走根本不可能。而且，没有理由不让我们知道，也没有人会犯这么大的错误，把我们遗忘在这里。而让我们觉得诡异的是，我们找到了负责和我们联系的那个调度室，进去之后就发现这里的电话竟然全是断线的。我们用对讲机让同事往这个地方打电话，发现这个电话根本不响。也就是说，我们之前所打的电话都不是打到这里来的，那是打到哪里去了呢？谁也不知道。

"我们把厂房都翻遍了，没有发现任何一台生产设备，也就是说，这个厂子其实是个空壳子而已。我特别特别害怕，我发现我们好像被骗了，但是，却不知道别人骗我们是为了什么。这里所有的文件都是假的，没有任何意义，于是我们回到了我们的营地。我们开始挖掘沙子底下的电话线，希望能够找出这些电话线的走向。挖着挖着，我们惊讶地发现，电话线竟然是通向沙丘底下。

"线是一路往下走的，我们怎么翻都没有用，根本找不出沙丘底下的线缆的尽头，因为它埋得太深太深了。也就是说，我们之前联系的那些人似乎是在地下和我们联系。因为我们只是运输车队，隶属这个工厂，我们不知道应该向谁汇报这件事情，于是我们给所有知道的部门都发了电报。收到电报的部门都觉得很奇怪，他们都不知情，只有一个部门说我们可以去他们那里补充一下物资。"

这是他们最后一次获得物资，运输物资的车队返回之后，他们就接到了原地待命的命令。到了第三天，他们与外界的联系全部被切断了，他们发现无法用电报跟外界进行沟通，而沙下面的电话线也没有了信号。一开始他们还不在意，毕竟他们有的是汽油，对路线也很熟悉。但慢慢地，他们就发现这四周的沙丘开始起了很多奇怪的变化，这些变化所带来的直接后果就是他们中的很多人突然消失了。

毕竟是当兵的，对于他们来说，这种情况意味着威胁，也意味着有敌人在附近活动。这附近一直不太平，他们加强了巡逻，并派人四处寻找蛛丝马迹。

很快派出去的几支侦察队就发现了非常奇怪的现象，他们发现这里的沙丘变得和以往不同了，他们起初看到的黄色沙子消失不见了，而那

第三十五章　往事

些沙丘上面出现了一块一块的白斑，这白斑慢慢地扩大，似乎是整个沙子中的黄色营养被沙子底下的什么东西慢慢地吸收了。白斑越来越大，慢慢整个沙漠都变成白色。白色沙子反射阳光更厉害，他们的生活条件更加恶劣了。

而人员还在不断地消失，很多侦察队伍一去不返。他们无法跟上级沟通，而派出去跟外界联络、寻求增援的队伍又没有回来，形势越来越严峻了。几个排长开始商量，他们发现，所有人失踪都是在日出之前以及黄昏之后这两段时间内。这像一个魔咒，很多人在帐篷里面就消失了，没有任何人察觉。他们变得极度紧张，大家都觉得下一个消失的可能就是自己。

于是，一个排长下了个命令：所有人睡觉的时候都必须用绳子连起来。当天晚上，又有三个人失踪，但是这个措施使得消失的情况一目了然。在睡觉的时候，几个士兵身上的绳子突然被什么用力地拉扯，他们惊醒过来后发现身边的人似乎被什么东西用力地拖进沙子里，因为被绳子系住，才没有被完全拖进去。这股力量非常非常大，使得那几个士兵也被拉向沙里。他们立即大喊，其他人听到惊呼都跑过来了，一起用力拉，才把那几个人从沙子里面拉出来。他们这时才意识到，这些沙丘里面似乎藏了什么东西，在他们睡觉的时候，把他们拖入沙子里。

剩下的人越来越紧张，他们发现不能睡在帐篷里面，于是就把车子集中起来，睡在车里。

那天晚上，车子下面传来了什么东西撞击车子底板的声音，他们拿着枪对着沙子扫射，才把那些东西逼退。排长觉得此事太蹊跷了，这种情况下，大家不应该再留在这个地方，于是他下令全员撤退。

就在他们准备撤退的时候，一场让他们始料不及的变化来临了。

这人对黎簇说道："在我们的车队开始加油并且排列队形准备离开的时候，这片沙漠活了，它根本不想让我们离开。"

"活了？"黎簇听得都呆了，虽然这人叙述得很乱，但是他听得很清楚。

这人点头："沙漠活了，一切迹象都表明，这个沙漠是活的。"说着，这人指了指黎簇的背，"你能不能让我看看你的背？你背上的图，我要看看，是不是和当时我看到的一样。"

"一样？"黎簇看着这人的眼神，觉得这人的眼神有一种力量，这让黎簇意识到，答应这人的要求的话，他一定会得到一个结果。

他开始脱军大衣，脱到一半，忽然停住了，问这人道："不对，大爷，你说得也太溜了，怎么好像是背出来的一样。"

第三十六章 ● 保护者

　　黎簇说完，皱起眉头盯着对方。虽然他知道，盯着对方未必能有什么威慑作用，但至少表明了他不会轻易相信的态度。

　　对面的老头看着他，一开始还是一副呆呆傻傻的样子，见黎簇不说话，而且也没有变换表情，忽然就笑了："京油子就是京油子，比那个南方人难骗多了。"

　　"你到底是谁？"黎簇怒道，"在这种地方拿我寻开心，你不觉得有点缺心眼吗？"

　　老头开始扯自己的胡子和头发，那些竟然全是假的。之后他把身上的衣服也脱了下来，又到一边沙子里翻出一个背包，从里面扯出了一件黑色夹克穿上。等他拉上拉链折腾齐整后，黎簇才意识到，这人的真实年龄并不大，甚至可以说是相当年轻。修身的夹克一上身，就把他修长的身体突显了出来，显得十分干练、挺拔。最后，这人从包里拿出了一副墨镜戴上。

黎簇愣了一下，心说：这大半夜的，戴什么墨镜，是为了在自己面前装酷吗？怎么自从被吴邪盯上后，他接触到的人脑子都有点问题？

墨镜男转头过来，对他道："我本来不想暴露身份的，但是我骗人的本事显然没学到家。重新介绍一下，别人都叫我黑眼镜。刚才和你说的那些，都是我从这里的环境以及尸体身上留下的线索推测出来的。"

"我就知道，你说话的腔调就像背书一样。那你肯定也不是汽车兵啰？"

黑眼镜指了指自己的眼睛："你见过半瞎的人能当兵的吗？"

"那你是怎么来这里的？"黎簇问道。他最想知道这个问题的答案，不管这个人是谁，如果他是通过其他途径来到这里，就说明还有别的办法可以离开这个地方。

黑眼镜从背包里东摸西摸，摸出一个铝制的扁酒瓶来，拧开喝了几口，就道："说出来你可能不信，我是跟着你们来的。我一直在岸边监视你们，后来海子动了，我情急之下就跳了进去。差点没把我淹死。"

"监视我们？"黎簇皱起眉头，难道他是考古队的？考古队早就发现了吴邪这伙人不对劲，察觉出自己是被绑架的，所以一开始就找了人监视？不过自己在考古队里好像没有见这个人啊。

"你别瞎想了，我是受人之托，一路保护绑架你的那个吴老板。之前还挺顺利的，没想到你们会半夜划船。"黑眼镜笑着，把酒递给黎簇，拍了拍他，"现在好了，嗖嗖全没了，就剩一个拖油瓶。"

黎簇道："你一路都跟着我们？"

"何止一路。"黑眼镜又从背包里拿出几包东西来，拆开其中一份递给黎簇，黎簇发现竟然是青椒肉丝炒饭，"你是残疾版的哆啦A梦吗？这包里怎么什么都有？"

"这是我在四川找快餐店做出来的，你看，保质期十年，你死在这里饭都还没馊呢。就是有点干了，凑合吃吧。"黑眼镜道，"有件事要和你商量一下，等你吃饱了再和你详细说。"

以前要是听到什么食物保质期十年，黎簇肯定宁可挨饿也不会吃。但是如今，他是真饿了，就算是慢性毒药，只要能填饱肚子他也会毫不犹豫地吃下去。

闻着冷饭里的青椒味儿，即使还混合着一股沙子的奇怪味道，黎簇也几乎热泪盈眶。同时他也觉得奇怪：看这饭绝对放了十几天，竟然还能有青椒的香味，这真的是青椒本身的香味？不是掺了添加剂吧？

也顾不上挑剔，三下五除二吃完，他的口水直流，竟然没吃出任何异样来，就连黑眼镜说的"有点干了"都没感觉出来。吃了那么多天的压缩饼干，他现在吃什么都觉得是"湿"的。

吃完，黑眼镜就来到他的身边，钩住他的脖子说道："你知不知道自己是个什么处境？"

黎簇看了看四周，回答道："我很难说清楚，不过显然，我们两个处境一样。"

黑眼镜摇头说："非也！我跟你完全不一样。我本来是要保护那个姓吴的，但是嗖嗖两下，那两个白痴全不见了。现如今，我的处境特别尴尬，这尴尬主要是因为你的存在。"

"请详细说。"

"我欠别人很大的一个人情。那人托我保护这个姓吴的，现在吴邪陷入沙里不见了。活要见人，死要见尸。所以，我肯定得想办法搞清楚沙子底下到底是什么东西，也好有个交代。"

"这和我有什么关系？"黎簇看着他的背包，心里还琢磨着这炒饭真好吃，如果是在沙漠外面，他肯定再来三盘。

"你不懂吗？我现在必须确定吴邪是否有生还的希望，这过程肯定很危险，如果我死了，你就可以带着我的背包和干粮自己出去。"

"那很好。"黎簇道。

"是啊，对你是很好，我心理不平衡啊。而且，我去找吴邪了，你若把我的背包偷去，自己走了，我怎么办啊？"

"你现在和我说这种想法到底是个什么意思？你如果觉得我会偷背包，就把背包藏起来啊。何况，为什么我要偷偷跑？两个人一起走，活下来的概率不是更大吗？"黎簇觉得事情有点不太对，这人话里的意思不太吉利。

黑眼镜抱头挠了挠："如果刚才你被我瞒过去了，我的身份就不会暴露，那你的死活就对我没多大影响。但是你识破我了，我就不能让你活着走出沙漠。但是我很可能会死，如果我死了，死前也不愿意多害一条人命，我好纠结。"

黎簇看着他，他也看着黎簇，半晌，黎簇笑道："开玩笑？"

黑眼镜笑着，摇头，动了动眉毛："我不想杀你，但你自己没抓住机会。现在没有杀你，也是因为我觉得两个人一起走出沙漠，活下来的概率会大很多。不过，等我们找到出路，我一定会在第一时间杀了你。"

黎簇缩了缩脖子，想了想，就道："你肯定是在开玩笑。"

黑眼镜摇头，拍了拍他的肩膀："我一向很公平，事情得和你讲清楚，而且，明天我还会有一件很危险的事情找你帮忙，如果你能活下来，你就会相信我了。对了，你吃饱了没有？"

黎簇想说"当然没有吃饱"，不过这家伙神经兮兮的，被这么一问，他也不敢如实回答了，就点头道："吃饱了。"

"早点睡。"黑眼镜突然伸手捏住了他的脖子，黎簇感觉自己的后颈一紧，一股巨大的力压住了他的动脉。接着，他眼前一黑，就昏死过去了。

等黎簇醒来时已经日头高照，根据此时感受到的气温，他判断应该还是早上太阳刚出来的时候。

他的脖子非常非常疼，天知道昨天那黑眼镜下手有多重。对了，他不是半瞎吗，怎么好像完全没瞎一样？

他甩了甩头，就发现不对劲。自己身体的状态有点奇怪，感觉并不是睡在沙地上。他动了动手脚，发现脚能动，但是手却被绑住了，而且，脚

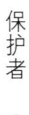

的状况以及身上很多地方肌肉的感觉都很奇怪。他深吸了几口气，意识逐渐回归清醒，他抬头看了看四周，立即明白了是怎么一回事。

　　他果然没有睡在沙地上，而是被吊在了半空中。

第三十七章

●

钓沙鱼

黎簇被吊在一辆卡车后斗的吊车上。这里的卡车装载着各种货物和工程机械，吊他的这一辆，后斗里装的就是一台起重吊车。吊车臂突出在外面，有三四米长，显然是吊装小型机械的。他就挂在吊车的吊臂下，离沙地只有一巴掌的距离。

绳子把他的上肢捆住了，他的双手包括手臂全部被绑得结结实实的。他晃动自己的双脚，让自己的身体转了半圈儿，然后就看到黑眼镜趴在卡车顶上，举着一架望远镜，对着远处的沙丘。

他愣了愣，想到之前还在考古队休息的营地时，吴邪让他去拍照片，他拍到过一个特别奇怪的、看起来像是女人的影子。他又想起了黑眼镜昨晚被识破前的装扮，心说会不会就是这个人趴在沙丘上面，被他偶然间拍到了？

他挣扎了几下，记起黑眼镜昨晚说的话，后背又起了一阵凉意。显然这人真不是在开玩笑，从昨晚到现在，他虽然一副嘻嘻哈哈不正经的样，但是做起事情来比吴邪狠绝多了。

"你到底想干吗？"黎簇又被绳子带着凌空转了一圈，问道。

"钓鱼。"黑眼镜回答，看了看表接着说道，"你睡得不错啊，刚才还在打呼噜。"

"老大，能别开玩笑吗？你放我下来，我给你当牛做马都行。"黎簇还抱有一丝幻想。

"你放心吧，我会放你下来的。"黑眼镜道，"再等十分钟就放你下来，说不定你还会求我把你吊上去。"

黎簇看着自己的状况，就知道黑眼镜想要干什么，忍不住在心中狂骂。他在心里默默地念着：我落地之后绝对一动不动，有种你下来打我，我一定不会如你所愿，鬼才想变成你的诱饵。然后他就看到黑眼镜从身边掏出一把长枪来。

"看看，我自己修过的。"黑眼镜见黎簇看着枪，道，"你一定觉得很奇怪吧，我视力不好，还戴个墨镜，怎么还那么敏锐。我告诉你，在特别黑的情况下，我的眼睛反而看得更清楚。我现在戴着墨镜，看到的世界和你们看到的其实都不一样。虽然生活上不是很方便，但是，至少在射击这件事情上，我的视力给我带来了很多便利。简单说，这把破枪在我手里，我完全可以想打哪儿就打哪儿。"

"你眼神好不好、为什么戴墨镜跟我半毛钱的关系都没有。即便你这么说，我也不想做诱饵。"黎簇道。

"我说这些不是告诉你我能确保你这个诱饵安全，我是提醒你要乖乖听话，配合我行动。我放你下来后，你就必须往沙丘那边跑，否则我打烂你的屁股。"

"狗——"黎簇刚想骂，黑眼镜踹了一脚他脚边的一个开关。挂住黎簇的绳子一下就松了，他从巴掌高半空中掉了下来，摔在沙地上。

黎簇的手还是被绑着的，绳子连在卡车上。被吊着时不觉得，现在拖着他才发觉格外重。他爬了起来，听到了黑眼镜拉枪栓的声音。

"往沙丘跑，跑到绳子拉不动再跑回来。"

黎簇本想说"你有种杀了我"，但是一听到枪栓的声音，他的腿几乎立即就动了起来，丝毫不受他意念的控制。他听到黑眼镜在后面一直喊"跑跑跑"，声音越来越小，他跑得越来越远。等他累得不行了，停下来回头去看，发现已经离卡车很远了，绳子也拖了很长。

跑步比他想象中的累多了，他大口喘着气，才摇晃了几下，远处一声枪响，一颗子弹就打在了他的脚下。他几乎跳了起来，立即开始继续往前跑，一口气跑到沙丘顶上，绳子没法拉动了，他才回身大骂。

骂完了，黑眼镜也没理会。黎簇也实在累得够呛，一屁股坐到沙地上，心说：这么远你该没辙了吧，老子也不回去了。想着，他探头出去，看了看沙丘后面。那个地方就是他们掩埋干尸的"离人悲"所在。

他不禁愣了一下，他看到沙丘的底部，从沙子里面，竟然伸出了很多只手。所有的手似乎都是干尸的手，手掌朝天呈爪状，整个沙丘下面全都是，密密麻麻的。

"这是什么情况？"他看得瞠目结舌，难道这些干尸全诈尸了？正想着，他就看到其中的几只手竟然动了一下，往沙地里面缩去。

黎簇以为自己看错了，但是，最初那几只手缩入沙里之后，整个"手林"中又有好几只也缩了下去，就好像是海洋里的某种水蛭，受到刺激之后钻回沙子里的感觉。

他吸了口凉气，几乎是同时，沙丘下面起了波纹，有东西在沙下开始活动了。他知道要糟糕了，立刻跳了起来。莫非抓吴邪他们进沙子的，是这些干尸吗？这些干尸都是活的？

看着沙面的"波纹"朝自己这边涌动，他立即往回跑。身子本来就疲惫，还没缓过来就跑，没刚才那么快了，跟跟跄跄地，跑几步回头看，黎簇几乎急得跳脚。只见身后的沙丘上出现了几百条"波纹"，整个沙漠真的好像活了一样，翻滚了起来，所有的"波纹"都打着螺旋朝他涌来，那情形极其壮观。

"沙漠活了过来。"

他忽然想到黑眼镜的话。还真不是夸张。

好在黎簇年轻，爆发力够足，咬牙之下力气也来了，他一路狂奔到了卡车底下。他径直往卡车上爬，见到黑眼镜正笑嘻嘻地看着远处波涛汹涌的沙海，一副很爽的样子。

"你到底想干吗！"黎簇大骂道，"我们要死了！你还在这里看戏！"

"你放心吧，这些车在这里有好些年头了，在车上肯定安全，否则这些车早被掀翻了。"黑眼镜拉上枪栓，黎簇此时才看清楚，这是一把老式的步枪，应该是他在这些车里找到的。他脚下还放着六七颗子弹，都擦得锃亮。

"咱们得看看，沙子下面到底是个什么情况，一点险还是要冒的。"黑眼镜一边端着枪左右瞄准，一边对黎簇道。

看来昨晚自己昏迷的时候，这家伙做了不少布置。黎簇以前去靶场捡过子弹壳，知道要把氧化的子弹壳擦成这样需要花费多少力气。但是，他不知道，花这些力气是有必要的。对于枪械来说，用放置太久的子弹，如果不擦亮检查，爆膛的概率会很大。

黎簇爬到他身边，继续问道："怎么个看法，你是不是还有什么计划？"上来之后，他就有点安心了，不由得也兴奋起来。

"还得仰仗您。"黑眼镜朝黎簇点了点头，一本正经地说道，"等下还要麻烦您受累。"

黎簇皱起眉头，有点无法理解他的意思。黑眼镜晃了晃头，让他看前面的沙海。只见所有的"波纹"几乎都汇集到了他们所在的这辆卡车前面，整个沙海好像被翻过了一遍。更远处的"波纹"也陆续围绕过来，一层一层，在卡车前方停了下来。

这场面有点像街头卖艺的，吆喝几声，所有人都围了过来。只是这些围过来的，不知道是什么玩意儿。

黎簇看着围过来的东西越来越多，背上的白毛汗全出来了。此时他有一种在亚马孙河垂钓的感觉：河水之中，半径六七米的圈内，全是食人鱼，而自己就在一叶小舟上，一个扑腾下去什么都不会剩下。

"我觉得……"黎簇想和黑眼镜说，还是悠着点比较好，对方的数目实在太多了，在这车上，手也没个东西可以抓，车子一震，他们难保不会掉下去。但他一句话没说完，后领子就被黑眼镜揪住了。

他还没反应过来，就听到黑眼镜憋气喝了一声："走一个！"紧接着，他整个身体被提了起来，又被甩到了空中，朝卡车前方摔了过去。

半秒后黎簇已经摔倒在卡车前面的沙地上了，他反应真算是相当快了，没有因为摔了个马趴而有丝毫迟疑，几乎是瞬间，他就本能地爬了起来。他的手仍旧被绑着，平衡不好把握，站起来之后又一个趔趄，半跪了下去。

同时，从四周的沙子中，猛地伸出了无数只手，齐齐向他抓来。

那一瞬间的感觉太诡异了，就像是一片荒芜的土地上，在四分之一秒的时间里，猛然开满了一种奇怪的干枯的花一样。这可以说是一种绽放了，而且还不是一朵花的绽放，而是整片沙漠瞬间完全绽开。

黎簇身上十几个地方同时被"手"给抓住了，接着，他感觉到脚下的沙子突然变得无法支持他的重量似的，他整个人往沙子里沉了下去，所有被抓住的地方都出现了一股完全无法抵抗的力量。

太快了，仍旧只是一瞬间的工夫，他已经完全没进了沙子里。等他的鼻子里开始灌进沙子、嘴巴里吃满了沙土时他才意识到，自己刚才被黑眼镜从车上扔了下来。

此时的他连大骂的机会都没有，只感觉身体被无数只手抓住，往沙子的深处拖去。他能感觉到自己在迅速下沉，却无法做任何事情。所有的力量必须集中地用在紧紧屏住呼吸，不让沙子灌进口鼻，但是已经灌入的沙子，还是让他万分难受。

他不停地想扭动，但是不管怎么使劲最多只能搅动一下身边的沙子。

他深刻体会到，在沙子里和在水里完全不同，沙子是固体，往边上扭动，能挤过去两三厘米就已经非常吃力了，没几下他就放弃了。被往下拽了二三十秒，他所有的气都用完了。

如果他经历过很多生死之间的状态，那个时候也许脑子里会有"我命休矣"的句子产生。但是黎簇只是一个"雏儿"，在最后关头，他脑子一片空白，什么都没有，所有的精力都本能地全部用在了努力让自己憋气上。

下降在他快翻白眼的时候停住了。恍惚间，他感觉到自己身上的那根绳子忽然绷紧了，上面传来一股力量，这股力量比起把他往下拉的力量，更加不可抗拒，他被强行往上拉去。

一开始，抓住他的"手"还试图将他拉住，但是随着绳子力量的加大，这些"手"的力道都慢慢松懈，逐渐脱开。伴随着脸被沙子狠狠摩擦，他的身体被迅速往上拔起。

他在事后感慨：第一，幸好鼻孔是朝下的，否则在那种速度下，他肯定被灌一整个肺的沙子；第二，萝卜在被人从地里拔起来的时候，一定充满了怨念。

差不多三十秒他就被拔了出来，冲出沙子之后，他被吊得腾空而起，双脚离地，又晃动起来。

已经到了他能憋气的极限了，他猛吸了一口气，结果把鼻子附近的细沙全部吸进了鼻孔里，并开始剧烈地咳嗽。眼睛也完全被沙子迷住，不停地甩头并用力眨眼皮，才慢慢能睁开眼睛。低头一看，他发现自己再度被吊在了那辆卡车上，脚离地只有一手臂的高度，下面无数的"手"从沙子里伸出来，对着他的脚不停地抓着。他赶紧缩起小腿，回头痛苦地看着黑眼镜。后者站在车头上，正用枪瞄准自己。

"老大，你玩得太过了！"黎簇对他叫道，心里突然特别地怀念吴邪。那家伙虽然臭屁，但是对自己真的还算不错。这黑眼镜跟他一比，就是个疯子啊。

"别急，正主儿还没来呢。这些小喽啰，我兴趣不大。"

"什么正主儿？你赶紧放老子下来！"黎簇撕心裂肺地喊，刚喊完就听到轰隆一声。他扭头一看，脚下的沙地之中，所有的"枯手"全都缩回了沙地里。与此同时，沙地里有一个巨大的影子拱了起来。

第
三
十
八
章

●

七
头
蛇

　　黎簇骂了一句，咽了口唾沫。眼看着沙子不停地拱高，很快就变成了一个小沙丘。接着，沙丘之中猛地探出来一根巨大的东西，那几乎可以说是从沙子里"喷"出来的。

　　黎簇先是低头看着那东西从沙子里出来，很快便只能抬头看它。那东西有三米多高，乍一看，就像一只巨大的手从沙里伸出。也正是因为实在太大了，黎簇马上就明白，那根本不是手，而是一种奇怪的触须。这东西大概是一条像蛇一样的奇怪生物，它的头部，伸出了七条手指一样的触须。

　　"什么东西？"

　　"七头蛇？"黑眼镜似乎也惊呆了。

　　"什么蛇？"黎簇大叫，就看到七根手指猛地全部张开，犹如一只巨大的爪子。他忽然想起了自己背上刀刻的伤疤，心想：难道那个黄严刻的完全不是一只手，而是一条长着七个脑袋的蛇？

他盯着那七根手指，却感觉完全不像是蛇的脑袋。这应该不是蛇，他正琢磨着，那巨大的爪子突然就发动进攻了，朝他猛抓过来。

同时，身后一声枪响，子弹瞬间掠过他的脸颊，打在了抓过来的巨爪上，巨爪被打得后仰。没等巨爪反应过来，身后又一声拉枪栓的声音，紧接着，一枪又一枪。

绳子震动了一下，黑眼镜已经跳到了吊车的吊臂上，站在上面，猫腰疾走，一边用猫一样的动作朝吊臂的尽头跑去，一边开着枪，他的速度快得惊人。

吊臂老化了，黑眼镜在上面跑动，晃动得厉害，吊在半空中的黎簇被震得晃来晃去，好像被风吹动的腊肉。

巨爪连续被五发子弹击中，没有爆出一丝血花，子弹就好像打在橡胶上一样，连弹孔都看不清楚。但是从巨爪的动作中能明显看出，子弹的冲击力让它吃痛。等黑眼镜跑到吊车臂的顶端，巨爪已经被他逼得后退了三四米。

可是，没有第六枪了，这种步枪只能装五发子弹。五枪打完后黑眼镜把枪摔了出去，击在了巨爪上，他自己则反手从背后抽出了一把黑色短刀。

这把短刀几乎是全黑的，能看出非常重。短刀被拔出的瞬间，黑眼镜已经从吊臂的尽头飞跃了出去，整个人弓身在空中打转，反手劈了过去。

黎簇完全无法理解人类竟然能做出这种动作。那时候摔过去的步枪还没落到沙地上，黑眼镜已经一下趴到了"巨手"的背上，短刀正好扎入"手背"。

"老大，你要自杀也先把我放下来啊！"黎簇看见巨爪吃痛后猛烈地摇动，它"背上"的黑眼镜就好像骑着野牛的牛仔，被甩来甩去，竟像纸片一样轻薄。

也亏得黑眼镜力气大，没有被甩飞出去。那东西在沙地上乱拍了好几下，就迅速往沙地里缩。

黑眼镜大喝了一声，黎簇还没看清楚怎么回事，那巨爪已经缩回了沙地里。黑眼镜落到沙地上，一个打滚差点被拖进去。等他翻身起来的时候，手里已经扯了一片什么东西。他迅速跑回来，一刀挑开黎簇身上的绳子，黎簇双手松绑后摔了下来。

"到卡车上去。"黑眼镜也不理他，几步蹿上了卡车。

黎簇心里骂着"我才没那么傻呢"，拔腿就往卡车后面跑。他打从心里认为，和这疯子在一起太危险了，他宁可在这片被卡车围住的区域里和他捉迷藏，也不想再和他说话了。

跑出去十几米，转头发现黑眼镜完全没有跟过来的意思，他就慢了下来，琢磨着经过刚才那一番折腾，这家伙的体力也耗尽了吧。便看到卡车顶上的黑眼镜朝他挥了挥手，大喊道："青椒肉丝炒饭，吃不吃？"

黎簇扯起嗓子大骂道："老子不会靠近你少于一百米！"

黑眼镜继续叫道："那我就不客气了，我吃完可就走了。你这次立了大功，我本来还想把你带出去的，现在也好，我一个人吃两碗。"

黎簇皱起了眉头，想了想，心说不对，与其待在这个地方，他宁可被这黑眼镜虐待。

如果是吴邪，此时可能会因为惯性继续留在这里纠结。黎簇的性格和思维方式显然是十分直率的，想到这里，他立即往回跑夫，叫道："等一等，留一碗给我！"

黑眼镜继续叫道："你不是说不会靠近我少于一百米吗？"

黎簇大骂："老子被你整惨了，不能一点好处都不捞。"重新爬到卡车顶上，他又想到一件事情，立即又从卡车上爬了下来。

黑眼镜从包里拿出青椒肉丝饭，已经吃上了。看见他又爬下去，诧异道："你做事情怎么那么不痛快，爬上爬下的，还嫌折腾得不够？"

"你说过，你带我出去是因为两个人一起生存概率大一点。但是，走出沙漠的时候，你一定会杀我灭口的。"

"是啊。"黑眼镜吃了一口，"有什么问题？"

"那我宁可在这里等死，也不想在看到生存曙光的时候被你杀了。"

黑眼镜放下饭盒，微微一笑，说道："你放心吧，理论上虽是这样，但是，现实情况不一样。"

"怎么不一样？"

"我走不出沙漠。"黑眼镜说道，"我估计了一下，这一次的干粮只够你出去，我只能走完半程。"

"什么？那你不更得杀了我。这样你一个人就能出去了。"黎簇道。

黑眼镜低头看他，隔着墨镜，黎簇看不到他的眼神。顿了顿，黑眼镜才笑道："也是，我怎么就没想到。"说着就在身上摸索起来。

黎簇暗骂自己，真的就是一个白痴啊，怎么就乱说话啊。他刚想继续跑，就看到黑眼镜根本没把刀掏出来，而是掏出了烟点上，对他道："你不懂，对于我来说，你能活下来的价值大多了。"

"为什么？"黎簇还是退后了几步。

黑眼镜道："因为，我即使活下来，也活不了多长时间。而你，未来还很长。"

"我看你年纪也不大啊。"黎簇说完这句话就又后悔了，恨不得抽自己几个嘴巴子。这是在说服他宰了自己吗？这脑子到底是怎么长的。

黑眼镜咯咯直笑，说道："也不是说我就完全没有生还的可能性，你安心上来吃饭，我告诉你原因。"

黎簇爬了上去，这一次他学乖了，保持着离他一臂的距离。他坐定后才看到黑眼镜的手上缠绕着一条东西，仔细一看就发现那是从巨爪子上面割下来的，如今这么近的距离看，更像是树皮一样的东西。

"这是……那怪物的皮？"

黑眼镜吸了一口烟，把手上的皮递过去，道："那不是手，也不是蛇，那东西是一种植物，叫作九头蛇柏。我敢肯定，这片沙漠下面有一个巨大的空洞，吴邪和他那个伙计肯定没有死。"

"为什么？"黎簇问道。

黑眼镜道："因为这种东西的生活习性。它们习惯困死猎物，而没有能力直接将猎物杀死。"黑眼镜几口扒完饭，就把自己的背包甩给黎簇，继续道，"里面有GPS、食物和水。你往东走三十公里，有一条废弃的公路，顺着公路向北走。虽然那里不一定会有过路车，但你顺着公路走说不准就能遇到一辆，这就要看你的造化了。"

"你呢，你不和我一起走？"黎簇问道。

"我说了，我只能走完半程，那我还走什么啊。我把自己的那份留下了，你自己走吧。"黑眼镜又看了一眼这片沙海，"你未必能活得比我长，这里毕竟是沙漠，你可要加油了。"

黎簇看了看装备，就道："可是，四周全是那种东西，我怎么走啊？你是不是还在涮我呢？"

黑眼镜把黑刀插入后腰，背上自己的小袋子，跳下了卡车，说道："我这个人很公平，我现在会走到那个沙丘上，开始跳踢踏舞。你趁这个机会快走吧。"

"那怎么好意思？"黎簇说道，忽然觉得这事情变化得太快了，这人现在是要舍身救他吗？

"别太感动啊，我说了，我要保护那个姓吴的。如今他们肯定被困在地下，虽然暂时不会死，但是时间一长就难说了，我会下去争取一些时间。在我的包里有一部电话，里面只有一个电话号码。你到了有信号的地方就拨打那个号码，把事情告诉电话里的人，之后就会有人进沙漠救我们，这件事情就和你没关系了。"

"哦。"黎簇翻了翻背包，发现里面果然有一部手机。

黑眼镜摘掉墨镜，戴上了黑色的防风眼镜，然后用一条不知道从哪儿找来的黑布蒙住了口鼻，用力扎紧。黎簇忽然想到个事情，又问道："等等，要是我死了，你不是也没救了？"

黑眼镜看了他一眼，点了点头："嗯，真聪明！你想得很对，所以，你千万别死。"说完，黑眼镜就往"离人悲"那边走去。

黎簇看着他越走越远，也不知道是不是错觉，隐约就看到那边的沙地开始起了波动。他知道自己没有多少时间，立即跳下了卡车，向另一个方向跑去。跑跑停停，还回头瞅瞅。第二次和第三次回头的时候，他已经看不见黑眼镜了，也不知道黑眼镜是被沙丘挡住了，还是被那些手拖到沙子底下去了。

他也管不了那么多，继续往前狂奔。此时，太阳完全升了起来，他握紧了装有GPS、食物和水的背包。

"千万别死啊！"他告诉自己，然后义无反顾地冲向前方无垠的沙海。

第三十九章

● 获救

晒！晒的程度就犹如置身火山地狱一般。黎簇喘着粗气，在太阳下走着，他的每一步都特别缓慢，慢到几乎没有前进。

身后的沙丘上留下了一行脚印，脚印时而稀疏，时而密集，还有很多奇怪的小沙坑，显然是有人摔倒再爬起来后留下的。

身后早已看不到那片白色的沙漠了，也看不到那个奇怪的海子和汽车的残骸了。沙漠变回了应有的黄色。黎簇不记得这个变化是什么时候发生的，他只是在本能的驱使下，根据GPS的方向继续向前走着。

他走了多久，十个小时？他不知道，他只记得天黑过一次。那一次天黑，他还有精力能吃点干粮，找一个看起来比较安全的沙丘的背阴面睡觉休息。

他完全记不清自己到底走了多久。黑眼镜嘴里的三十公里，似乎有三千公里那么长。不过，他内心残存的一点理智告诉他，是自己走得太慢了。

沙地极难行走，脱水和高温让他举步维艰，他坚持到现在还没有死掉已经算很不错了，如今还在前进，他觉得简直就是一个奇迹。

"千万别死啊！"

他时常想起这句话。在幻觉中，如果他还没出发，那家伙还在他面前的话，他一定把这句话甩他脸上：你来试试看！

就在他恍惚的时候，他忽然看到了，在沙漠中出现了一长条奇怪的颜色。

幻觉，真正的幻觉出现了。为什么不是水或者美女？这一条是什么东西，看上去比沙漠还要干燥。

黎簇心里暗骂着，朝那个东西走了过去。靠近之后，他忽然意识到，这是一条老式公路。

他愣了愣，双腿一软几乎就要晕过去了。看来黑眼镜没要他，他在路上好几次都觉得自己被要了，这个黑眼镜虽然变态，但是为人还是挺靠谱的。

他几乎是爬上那条公路的。噢，不！这条公路根本不是终点，他还要走很长一段。

他算了一下，决定喝掉水壶里剩下一半的水来加快自己的结局。他咽下了几口滚烫的水，其实这一半的水也只有半杯而已。

他继续往前走。有了坚实的路面，路好走了很多。他忽然意识到一个问题：为什么那个黑眼镜会知道这里的情况？但是他不愿意再思考了，他要把所有的精力都用在行走上。

四个小时后，一辆现代吉普车在横穿巴丹吉林沙漠的中途发现了黎簇，那个时候，他正趴在公路的中间，隐没在阳光下的耀眼反光中，差点被吉普车压成一条带鱼。

好在车上的人有施救的经验，他们立即给黎簇补充了盐水，并把他带到了医院。

　　黎簇严重脱水陷入昏迷，等他醒过来的时候，离他晕倒在公路上的那天已经过去了十一天，他的记忆在第十五天的时候才逐渐恢复。当他看到医院的天花板、老爹的脸，还有梁湾那熟悉的表情的时候，立刻就放松下来，心说：终于回来了，一切都结束了。

当你只能孤注一掷的时候，你只能孤注一掷。如果你犹豫不决，说明你其实还有办法，只是不愿意使用。

——解雨臣

第四十章 · 唯一的号码

　　黎簇从沙漠里出来，身体一直没有完全恢复，还在持续接受治疗。他的神志完全清醒，已是他在医院醒来的第五天，他第一次完全想起了所有的事情。

　　背后的伤口奇迹般成功地结痂了，轻微的瘙痒让他很不舒服，这种感觉让一切细节开始回到他的脑子里。他想起了那部手机，还有那个黑眼镜，在给了他食物和水之后和他说过，他必须活下去，他需要拨打一个电话，来告诉电话另一头的人事情的所有经过。

　　黎簇不敢说他是真正地刚刚想起来，经历了太阳下的暴晒，他所有的精力都用在了走路上。他无数次想要回忆起那些细节，但是脑海中那刺目的毒日让他的记忆一想到沙漠就自动停止了。

　　即便现在想起来了，他也没有马上拨打那个电话。他忽然想到，自己已经走出来了，如果他不去回忆，这一切都会过去。

唯独他背后的伤疤在时刻提醒他这些已经发生的事情，当时吴邪说过，带他去沙漠就是因为他背后的伤疤。

如果他拨打了那个电话，电话另一头的人决定去沙漠中救吴邪和黑眼镜的话，他们是不是也会来找他？

如果他背后的伤疤真像吴邪认为的那么重要的话，电话另一头的人也一定会来找他，那么，事情还会再重复发生一遍。

不，他无法再经历一次了。

躺在床上，他身上所有的肌肉都麻木了。这棉质被子的质感，空调吹出的风所散发出的气味和适宜的温度，还有四周人说话的声音，让他忽然意识到了"文明"的美好。

不能就这么简单地打这个电话。

黎簇内心还有一种恐惧：现在距离他离开沙漠已经过去太长的时间了，如果黑眼镜和吴邪因此死了，对方会不会迁怒于他的"耽误"呢？

他偷偷溜回家，从沙漠中带回来的所有东西都在他自己的房间里，连包都没有被打开过，显然他老爹并没有意识到自己的儿子经历过什么。

他打开了包，从里面找到了那部手机，已经没有电了。他找到街角的手机店，配了一块电池。终于开机了，就如黑眼镜所说，手机的电话簿里果然只存了一个号码。

他把号码抄了下来，找了个公用电话打了过去。没有人接。

电话打通了，但是一直没有人接电话。难道只有用这部手机打过去，对方看到熟悉的号码才会接吗？

联想到吴邪的身份，黎簇觉得这种事情也是有可能的。

他蹲在路边想了半天。有一刹那，他想着还是不要管了，只要不打这个电话，一切肯定都能过去。反正黑眼镜的事情谁也不知道，也不会有人来指责他。

但是他心里还是觉得不舒服，虽然只是一刹那的想法，但他明白，如果自己不打这个电话，一辈子都不会安心的。

他"啧"了一声，心说大不了打完后再躲一段时间。以前他在明处，吴邪在暗处，他不好防备。现在他算是在暗处，还能见机行事，实在不行他就让他老爹和自己都进派出所里住去。他就不信那群盗墓贼那么神通广大。

这么想着，他就用那手机拨通了里面唯一的号码。屏幕显示正在拨出的时候，他浑身的汗毛都竖起来了。

可是手机响了起码有三十声，还是没有人接。黎簇没有挂，直勾勾地盯着屏幕，一直等到手机自动挂断，屏幕黑掉。

黎簇松了口气："行了，对方不靠谱，不接电话，和我没关系。"他顿了顿，在路边又蹲了一段时间，心里还是不安，又拨打了一次，电话依旧没有人接。

他这才完全放心，心想：又是做你们的人质，又是被你们威胁，说出了沙漠就要杀了我，我都不计前嫌，给打了两个电话，这两个电话我冒了多大的风险。现在是你们没接，我算是仁至义尽了，以后要是有什么问题，自然也和我没什么关系了。

想到这里，他一屁股坐在地上，觉得解脱了，完全解脱了。

还没等他的屁股把冰冷的地面焐热，手机忽然振动起来，他几乎脱手丢了出去。低头一看，手机响了，是那个号码拨回来了。

黎簇颤颤悠悠地拿起手机，条件反射地按下了通话键，将手机放到耳朵边上。半晌，他才听到对面传来了声音："谁？刚才谁找我？"

"呃，我是一个送信的。"黎簇语无伦次道，"有人托我带个消息给你。"他以为对方听过后，会用很低沉的声音，特别应景地、庄重地回答他"说"或者"稍等，我找个没人的地方"。但是对方却是用不怎么重视的语气说道："我现在有点忙，能不能隔三十分钟打过来？"

黎簇愣了一下，心说你竟然还给我摆谱，就道："可是，这个口信十分重要。"

"我现在的事也挺重要的，如果他真那么着急，为什么不自己来找我，要你给我打电话传口信？"对方继续说道，"三十分钟之后再和我说吧，你不打过来也没事。"说着，那人竟然把电话挂了。

黎簇看着电话，心说黑眼镜啊黑眼镜，你到底有没有和别人说好去救你啊？这也太不靠谱了。

怎么办？他忽然觉得自己是不是又被耍了，不太可能吧，黑眼镜千里迢迢去沙漠就是想这么耍他？但是如果不是被耍了，为什么对方会是这个态度？

他坐在路边，思维混乱，一直发呆了三十多分钟，才又拿起手机，心说：最后一次了，这一次如果再不接，或者吃闭门羹，那就是你黑眼镜自己人品差了，和我没关系。

电话打去，这一次倒是很快就接了，黎簇说道："我就是刚才说要给你传口信的人。"

另一边传来的声音已不是之前的那个声音了，是一个女人接的电话，那个女人道："你不用说了，这个号码出现，就告诉了他们一切，他们已经出发了。很感谢你，你可以保留这个电话，这个号码不会再打通了，再见。"说完，电话又挂了。

黎簇怔住了，这次他听懂了，看来对方一接到这个电话，就知道自己想要说什么。他忽然有些失望，就这么完了？不好好地感谢我，也不来绑架我威胁我了？甚至，也不来问问清楚事情的经过，他们这样能找到黑眼镜吗？

同时他也松了口气，心里的石头终于落了下来，感叹着：我终于变回一个普通人了。我和沙漠，和那些疯疯癫癫的人，终于一点关系也没有了。

活了那么久，黎簇第一次感觉到命运这个东西真有些奇妙，只是，他又觉得事情发展得太快了，似乎应该不会就这样结束。但是这个时候，就算有这个预感，他也不知道该去哪里核实。

第四十一章 ● 无人在意的传奇

一周后，黎簇出院，回校继续上课。他踏进学校大门的时候就想：在这个世界上，就算参与了这些老师一辈子都不可能经历的事情，自己这个年纪最终也还是逃脱不了他们的手掌心啊。

他顺着进校门的人流往里走，各种穿校服的学生和往日一模一样，但是黎簇走在他们中间，却觉得自己和他们不一样。

弱爆了！黎簇看着那些人，在心里默默地念叨：老子可是被人绑架，在沙漠中经历了极限之旅的人，现在竟然又沦为校服党了。可惜那样的经历自己不敢多说，否则，老子一定是这个学校里最风光的人。

路过教学楼，看了看门前玻璃里的影子，他觉得自己的背影也沧桑了起来。果然同这些普通的同学不一样，他心中升起了小小的优越感。但是这种优越感，在他坐到自己座位上的时候，立即就消失殆尽了。

他看到属于他的座位上堆满了杂物。翻开自己的抽屉，里面全都是垃坂，发霉的香蕉皮、纸团，还有很多奇怪的卫生纸。

他把那些垃圾都清理干净后，突然察觉到，班级里竟没有一个人留意到他回来了，同学们三三两两地聚在一起聊天，仿佛他根本不存在。

不是应该立即围上来问我的传奇故事吗？他心说。这样他就可以非常忧郁地摇头，装腔作势地告诉他们"我不能说"，以此吊足他们的胃口。说不定就有女孩会在下课回家的时候和他同路，请求他："你偷偷告诉我嘛。"然后他就可以在路边，或者在操场上，迎着落日，以站在夕阳下的江湖游侠一般的姿态，把故事讲述一遍。然后，然后就可以……

没有然后，别说女孩了，就算他以前的一群死党，也都没有注意到他回来了。难道还要我自己去他们那里报到？

黎簇心有不甘，决定还是矜持一点比较好。他默默地坐在椅子上，望向窗外，等待着来自别人的发现，他期望听到有人惊呼一声：咦！你出院了。

上午的四节课过去了，没人发现他，好像连老师也没有发现他。一直到中午吃饭，坐在他前面的苏万才转过头来。教室里其他人都走光了，苏万淡然地看着他，他也看着苏万。两个人对视着不说话。

黎簇这才意识到不对劲，不是别人没有发现他，而是别人根本就不想和他说话。

"干什么？"两个人对视了良久，黎簇问道。

"还钱。"苏万答。

黎簇这才想起来，自己向苏万借钱的事情。摸了摸空空的口袋，钱早就没了。他看着苏万，想着怎么解释，但是想了想他就恼火起来了：浑蛋，我经历了那么多可怕的事情，作为死党，你见我第一面竟然只是让我还钱。就算真的要我还钱，也应该先问候几声吧。

"明天还你！"黎簇没好气道。

苏万继续看着他，过了好一会儿，又问道："你的病好了吧，不会传染了吧？"

黎簇看着他："什么病？什么传染？"自己不是被劫受伤吗？怎么就变成生病了？还是会传染的病？

苏万道："我们班主任说你得了肺病，会传染，所以休学几周。"

"老子是受伤，老子不是得病！"黎簇一下明白为什么没人理他了，几乎跳了起来。自己被绑架然后获救的传奇事迹，敢情谁也不知道，全只当他是得了传染病。

班里现在也没几个人，黎簇心里郁闷，踹了几脚桌椅发泄，又转头看苏万。

苏万拿着饭盒问他："真不是传染病？"

"再问绝交啊。"黎簇指着他，想了想，就撩起自己的T恤，让他看自己的后背。等他再转过身来时，苏万正张大了嘴巴看着他，明显被他背后的伤疤震住了。

"这是怎么回事？"

"说来话长了。"黎簇回答，"去操场上吃中饭，我和你细说。"

第
四
十
二
章

●

手
机
与
包
裹

在操场边的树荫里，两个人吃着饭，黎簇把所有的经过和苏万说了。

苏万听得一愣一愣的，等黎簇全部说完，才道："你不是脑子也受伤了吧，沙漠中怎么可能有那种东西？"

黎簇从包里掏出那部手机给苏万看，手机里只有一个号码。苏万摆弄了一下，觉得黎簇也不是那种会以信口胡说为乐的人，但是他实在有些接受不了。

"那你之后还打过这个号码吗？"苏万问他，"人救回来没有？"

"我不敢打，说实在的，我也想知道那边到底发生了什么事。但是我觉得，我如果再和他们有关联，我一定会出事。"黎簇道，"而且，对方也说，这个号码我再也打不通了。"

苏万道："也对，多一事不如少一事。不过我真羡慕你，发生了这些事情，你老爹肯定放过你了。"

黎簇想起自己老爹，自己好像并没有就这些事情和老爹有过交流，老爹好像也没怎么问过自己，不过对自己的态度倒是没那么恶劣了。

他觉得，至少自己之前要出走的那件事，应该是过去了。但是之后的日子还长着呢，老爹总不会因此就纵容自己继续胡作非为吧。

苏万摆弄着那部手机，似乎是在思索什么，黎簇问道："你在琢磨什么？"

"我在想，你什么时候能还我钱。我觉得你还钱的希望不大了，要不你把这部手机给我，我自己处理掉，咱们就算两清了。"

黎簇一把抢回手机："你想得美！"

"那你说你怎么还我钱，你连中饭都是我请的。"

"这手机可是我此次历险的见证，我这辈子恐怕再也没有机会经历同样的事情了。这东西我谁也不会给，我宁可帮你抄一学期作业，或者我帮你老爸洗车去。"

苏万叹了口气，自言自语道："你是说，这是你一生中最刺激、最冒险的事情吗？"

"是啊，虽然你比我有钱，但是，普通人遇到我这种事情的概率肯定不大，你就尽管羡慕嫉妒恨吧。"黎簇说道，他内心稍微有一些暗爽，但是比他之前预想的快感少多了，也许苏万和他关系太好了，向苏万炫耀后的成就感不大。

人嘛，想炫耀的对象永远是看不起自己的人，而对死党即便是炫耀成功，也没有什么快感。苏万叹了口气，只是笑了笑。黎簇觉得他的表情很奇怪，问道："你装什么忧郁，这儿又没别人。"

苏万摸了摸自己的口袋，掏出了一部手机递给黎簇。

黎簇接过来，看着手机的款式，和自己的对比了一下，竟然是一模一样，背后忽然就冒起了白毛汗。他翻开了苏万的那部手机，发现电话簿里也只有一个电话号码，同自己的那部手机里存的号码完全一样。

"这是怎么回事？"黎簇问道。

"我也不知道，下午我们翘课，你跟我去我家吧。"苏万道，"我还有更可怕的东西给你看。"

"翘课？这可是我回来后第一天上课。"黎簇说道，"虽然我不爱学习，但是我连凳子都还没坐热。"

"你不用担心，你现在消失别人也不会在意，他们会以为你又去医院复诊了。"苏万道。

黎簇想了想，也是。他看了看手里的手机，骂了一声，就道："走，不过我不要等到了你家才知道，在公交车上你就得和我说。"

两个人扔了饭盒就回教室收拾书包了，中午学校关门，他们来到体育馆后面的后门，然后翻墙出去，那儿有一个全学校都知道的秘密豁口，可以很容易爬出去。外面就是大马路，两人穿着校服，路过的行人都斜眼看他们。黎簇逃课经验丰富，立即脱下校服塞进包里，苏万照做。

他们两人怕教导处的人看见盘问，不敢在校门口坐公交车，步行了一站才上了车，黎簇立即催苏万："快说快说。"

苏万道："这东西不是我的，这东西是你的。"

"我的？"

"嗯，你不是不见了吗？你在学校的信和杂志都是我帮你领的。"苏万说道，"这东西就在寄给你的邮包里找到的。"

"啊？"黎簇更加莫名其妙，"可是，那黑眼镜已经给我一部了。而且，你竟然拆我的邮包。"

"不是我想拆，是因为里面有东西在响。"苏万说道。

"然后呢？"

"我拆开邮包，然后就看见这手机有电话进来，我就接了。"苏万道，"对方是个女的，她说是你的朋友，有东西要寄过来。但是，寄到你家里的东西总是被退回去，她问我能不能给一个比较固定的地址。我一想，寄到学校肯定麻烦，不如寄到我家里，于是就把我家的地址给她了。"

"这是什么时候的事情？"

"你离开一周之后我接到的电话。"苏万抹了抹脸，"你知道我借钱给你不是小数目，我还指望这些钱买游戏点卡呢。而你又不见人，有东西押我那儿也是好的。"

"我知道了。然后呢？你继续说。"黎簇说道。

"然后就疯了。"苏万道，"你不在的这段时间，我每天都会收到他们寄给我的邮包，一直到昨天才停止，我的房间已经被塞满了。"

"他们寄过来的是什么东西？"

"啊，那些东西太可怕了。"苏万道，但是说话的时候，表情并不是恐惧的，而是兴奋的，"但是，也太厉害了！"

第四十三章

●

快递物件

苏万的老爹发财早，所以买房买得早。苏万家是一幢很大、很老的别墅，整幢房子有四个黎簇家那么大，大部分的房间空着，甚至都没有装修。院子倒是修整得很好，他老爹喜欢园艺，院子里全是各种各样的绿色植物。

苏万的老娘是家庭主妇，整天玩麻将，一进院子就能听到麻将声从里屋传出来。苏万翘课回家不能走正门，就偷偷从侧门上楼。他的房间在二楼，比黎簇整个家还大。进去之后，苏万关上房门，房间里一片漆黑，窗帘还没拉开。

黎簇看出苏万的床上一团乱，显然他老娘也没给他整理房间。黎簇倒不意外。

其他的地方太黑了，看不清楚。苏万摸黑过去，拉开了窗帘。阳光照了进来，此时是下午两点多，太阳最大的时候，整个房间被照得通亮。

黎簇一看就惊呆了。苏万说的"我的房间都被塞满了"，完全不是夸张，真的是塞满了。黎簇眼里全是大大小小、无数的快递包裹。有些已经拆开了，但更多的竟然连拆都没拆。

苏万的房间里有他自己的小冰箱，几乎被掩埋在快递包的下面。他拨开快递包，从冰箱里拿了两罐可乐出来，递给黎簇解释道："实在太多了，我根本来不及拆，后来我也发现了窍门儿，不拆也知道什么样的包裹里面是什么东西。"

"东西还都不一样？"

"不一样，但是一样比一样厉害。你来看我拆开的。"苏万爬到自己床下，打开床下的几箱漫画，黎簇发现那些全是"擦边球"漫画，竟然有好几箱。这些富家子果然内心都很邪恶，最可恨的是都不和他这个死党分享这些邪恶。

咦？他突然想到，难道苏万收到的是成人录像带？所以他才显得这么兴奋，藏在床下？

打开装漫画的箱子，苏万从床下扯出块木板，木板上蒙的全是报纸。黎簇一看就知道肯定不是自己所以为的东西，接着，苏万掀开了报纸。

黎簇试着猜想里面是什么，虽然时间不多，但是他还是要做足心理准备，不想被下面的东西吓到。不过报纸一揭开，他还是蒙了。

他看到了一排铁匣，长方形的，好像放大版的月光宝盒，看上去还是崭新的。

"这是什么？"黎簇问。

苏万拿了起来，一扯一拉一摆弄，"咔嚓"一声，铁盒子瞬间被掰成了一把冲锋枪。"折叠式冲锋枪。"苏万说道，又从边上拿出一条更长的弹匣，插了进去，上膛，"每一把都配有两百多发子弹。"

"是仿真枪吗？"黎簇接过来。发现枪重得要命，没有点臂力根本握不住。

"我试过在郊区打易拉罐。"苏万露出陶醉的表情，"太帅了，那后坐力……想不到在国内也有机会玩真枪。"。

"他们为什么要寄枪给你？他们想让你干什么？"

"不是给我，这些枪是给你的。"苏万说道，"你应该问，他们想让你干什么。"

黎簇清点了一下，发现光拆开的部分就有五把折叠冲锋枪，总共配有一千多发子弹。其他的不是武器的东西，很多东西他几乎都无法辨别。比如说，很多的古旧的瓶子，一看就是古董，或者可能是比较逼真的假古董。这部分数量很多，一般都用塑料泡沫封得特别结实。即便不拆开塑料泡沫，也能看出有很多种，有青铜瓶、碎片，还有很多的首饰，黄金的发钗、翡翠的玉环等。

剩下的都是野外装备：绳子、探灯、方便扣、GPS、压缩饼干等。

最让他们崩溃的是，他们把所有的快递盒子剥开后，发现其中两个特别重的盒子里放的全是白色和黄色的类似肥皂的东西，一摸还掉粉渣。

"这该不是海洛因吧？我们不会变成贩毒的帮凶了吧？"黎簇道。

"不是我们，是你！"苏万立即道，"完了完了，我会被你连累的，你说我们被抓住后会不会给枪毙啊？"

黎簇拿起那些"肥皂"，仔细看了看"肥皂"的边角。他发现每一块"肥皂"的边角部分都有一个指甲大小的钢印，上面印着：C4。

"这、这是比海洛因还危险的东西。"黎簇结巴起来，"这是、这是C4炸药。"

"炸药？威力大吗？"

"嗯，我玩《合金装备》的时候了解过，这玩意儿，这些量……一爆炸，三百米内的玻璃全部碎掉，你们这楼都保不住。"

那装C4的箱子就在苏万床头堆着，苏万立即吸了口凉气，把那些东西往远处推了推，道："他们到底想干吗，难道要我们去打仗吗？"

"你有没有发现不对劲？"黎簇说道，"我刚刚拆的时候发现了，这些包裹都有点问题。我想我猜到他们想干什么了。"

第四十四章

●

与老爹有关

苏万露出了惊讶的表情，问道："你什么时候那么有洞察力了？"

"这关洞察力什么事！我觉得还是因为我前段时间经历的事情太过离谱了，看到不少普通人一辈子都不会见到的东西，所以看到这些就没那么震惊了。"黎簇拿出一个快递盒子，里面是几块压缩饼干，道，"你发现没有，这里的大部分盒子里装的东西都有缺损。你看，这个压缩饼干的盒子，如果里面放满，能放三十条压缩饼干，但是，这里面只有二十一条。"

"然后？"

"然后这样的情况很多，比如说那边那个盒子，里面的压缩饼干只有半盒，十五条。如果是我的话，我一定会把这些零散的东西装在一起凑个整，不仅可以少寄一个箱子，还能让这些纸盒更加没有空隙，运输的时候能减少损坏。"

"也许寄出这些东西的人本身特别马虎呢？以为谁都像你，有细节控？"苏万道。

　　"我没有细节控。"黎簇不承认，他道，"这种事情一般人都会干。毕竟不是两箱，这里所有的箱子都或多或少有这样的情况。这说明，这些人在寄出这些箱子的时候，完全没整理过，而且，这些东西都不是新的，全是被人使用过的。"

　　"什么叫被人使用过？"苏万打了个冷战，"你你你……你详细说说。"

　　"就是说，这些都是用剩下的物资，有人把整个团队在一次行动后所用剩的物资，全都寄给了你。"

　　"不是我，是你。"

　　"好，是我。"黎簇道，"但是他们为什么要这么做呢？我举个例子，如果我们举行一个派对，然后我们把派对剩下的酒全都寄给了我们一个朋友，你觉得会是什么原因？"

　　苏万道："难道是因为我们没地方藏这些东西，而老爹老妈又要回来了，所以我们只能通过这种方式，先把东西转移出去？"

　　"我觉得也是。"黎簇说着想到了那部手机，就问道，"你在收到东西之后，还有没有打过那个电话，问问是怎么回事？"

　　苏万道："当然打过，但是后来都打不通，我再想想也不敢打了。对方寄来的是枪啊。"

　　"现在快递公司都不检查货物的吗？那以后军火走私可方便多了。"黎簇道。两个人把东西全都藏起来，就剩下两部手机，摆在床上。

　　黎簇想不通，在心里嘀咕：为什么要把这些东西全部寄给我呢？对于他们来说，我只是一个陌生人，就算偶然闯入他们的世界，也只是闯入了那么一点点。为什么要突然寄东西给我，他们不怕我报警吗？

　　黎簇思索了一下，"啧"了一声，心说：难道是因为自己不在家吗？所以他们觉得先把东西寄给我，我不在家就不会拆开来看了，可以暂时安全。可是，我老爹在家啊。

等一等，他忽然想到苏万的话。苏万说，对方说是几次寄到他家里，但是都被退回去了，这才寄学校里的。然后被苏万发现，才转寄到苏万家的。

这里有好几个疑点，他不在家，他老爹在家啊，他老爹应该会替他签收。现在却不是这样。显然他老爹在那段时间也是不在家的。

老爹去哪儿了？他忽然想到了自己老爹的奇怪态度，从他醒来一直到现在，老爹都没怎么和他交流。他自己没说，老爹也没多问。

按以前，他老爹可不是现在这个样子。以前要是遇到这种事情，他老爹非把所有的细节全盘问千百遍才会罢休。这件事也许和老爹也有点关系。

"你怎么了？"苏万看黎簇发呆，就问道。

"没什么。"黎簇看向苏万，又觉得奇怪：如果和他老爹有关，为什么他们之后又把东西转寄给了苏万？

"这些东西你先藏好，我要先回家一趟。"黎簇看了看墙上的钟，他老爹应该没下班。他得回去看看，到底是不是和他老爹有关系。

又向苏万借了二十块钱，黎簇打车回家。他家在南城，这二十块钱只够他走一半的距离。下车的时候，他只能把自己的学生证压在司机那儿。

冲回家里，先是迅速搜刮了一遍，发现老爹确实不在，他就进了老爹的房间。

老爹的房间非常乱，充斥着各种酒的味道，除了卧室，它还充当储藏间——床下和桌子边上全是酒瓶。但是他知道老爹把他自己认为最重要的东西都放在了哪里。

那是书桌中间的那个抽屉，里面有钱和很多老爹的笔记。

黎簇扯了扯，发现中间的抽屉是锁住的。这个抽屉有时根本不会锁，锁不锁完全取决于他老爹前一天晚上是否喝多了。

这一次虽然是锁住的，但黎簇却不担心。他学过开锁，而开这个抽屉的锁，他更是熟练。早几年他就能完美地打开这锁，从里面抽出红票子，然后完美地再锁上。所有的一切要用的只是一把尺子而已。

黎簇再一次把抽屉打开，里面的东西他很熟悉。他翻动着，在那些熟悉的笔记本、钱夹子和文件当中，他一下就发现了一叠新的东西。

他把那叠纸拿起来，翻开，其中有一封信。

鸭梨：

　　爸爸有急事要离开，没有时间和你告别了，抽屉里的钱你可以随便使用。

　　好好上学，爸爸做完事情就回来。

黎簇翻了翻其他的纸，发现都是一些工程设计图。他咽了口唾沫，把信放回去，然后把抽屉锁上。

竟然把信放在这儿，难道老爹一直知道自己偷偷在抽屉里拿钱的事情？

黎簇仔细想了想，觉得他老爹不是有这种心机和情怀的人。如果他想做一个好父亲，有无数种更加简单的方式，这种小情怀，对于他父亲做的那些让他伤心的事情来说，不值一提。

要么就是写完忘记放桌子上了，黎簇想了想，难道这封信不是父亲才写好的，而是早写了，先放在抽屉里，等时候到了再拿出来？这么说父亲一直在计划一次非常仓促的行程？

为什么？

他想起和信放在一起的几张设计图，难道是和老爹的工作有关系？他后悔没仔细看看，不过现在首要的还是消灭痕迹，不管如何，在原则上不想让父亲知道自己经常在抽屉里搞钱。即使父亲早就知道了，他喝了酒和没喝酒是两个人，也不知道自己会不会被揍。

他离开老爹的房间，把一路冲进来撞到的东西都摆回原样，然后进了厕所，准备小便然后出去。老爹下班比他下课早，如果发现他在家，肯定知道他逃课了。

　　刚尿到一半，忽然家里的电话响了。他犹豫了一下，出了厕所抓起电话来听，就听到苏万的声音："鸭梨，是你吗？"

　　"是我。"黎簇说，"怎么了？"

　　"马上到我家来，出事了。"苏万道。

　　黎簇奇怪，他从苏万家出来也没过多久，怎么又让他马上再过去？"我没钱了，上次打车的钱都不够。"黎簇道，这一来一回，马上就又一百了，这钱我什么时候能还清啊。

　　"你先过来，我帮你付，我在路口等你。你一定要过来，这一次事大得要撑破天了。"

　　黎簇更奇怪了，苏万不是那种会用那么夸张的词汇的人，追问道："到底什么事啊？东西被你爹妈发现了？"

　　"不是，刚又有一邮件寄来，超级大个儿，我没法塞床下。你快来吧。"

　　"干吗？他们寄一坦克来了？"

　　"坦克也就罢了，好歹还能糊弄我爹妈说那是仿真坦克。这东西根本没法糊弄。"

　　"到底寄了什么来啊？"黎簇想了想，端着无线电话回他老爹的房间，再次撬开抽屉，抽了一张红的出来。

　　"我不知道。但我觉得，好像是个人！"苏万道，"邮包里装的是个人。"

　　黎簇哆哆嗦嗦，几乎翻倒。

第
四
十
五
章

●

寄
来
的
尸
体

　　黎簇在电话里和苏万也说不清楚，问了几个问题没有回答，听那边一
片混乱，似乎是他家里人也在他身边，只得挂了电话。

　　重新打车来到了苏万家，黎簇心里还是犯嘀咕的，如果苏万正在挨
揍，自己进去岂不是很尴尬。不过下了出租车他就看到苏万已经在门口等
他了，给他付了钱，二话不说就拉他上楼。

　　进了苏万的房间，黎簇一下就看到了苏万说的大家伙正横在他的房间
中间，像具大棺材。苏万的言语贫乏，根本没有形容出这东西真实的大小
来，这东西几乎和他的床一样大。

　　"怎么搬进来的？"黎簇就问，"这东西进不了门啊。"

　　"从阳台弄进来的。"苏万道，"我老爹给我出的主意，用我们家装
修时候的钢丝线，一点一点拉上来。"

　　"你老爹没问这是什么啊？"黎簇上前，大家伙被纸箱包着，密封的

带子已经被剪掉了，显然被打开过，然后又盖了起来。

"当然问了。"苏万说道，"我说，这是黎簇的东西，咱们要尊重黎簇的隐私，所以我才这么着急把你叫来。你得想法混过去，否则这东西怎么办啊？"

这东西本来就是寄给自己的，苏万这也不算不够义气，不过，他也不知道该怎么混过去啊。实在不行，他只有重新打包再从阳台上搬下去，找个板车拉回自己家里去。

"你放心，反正有责任我都帮你担了。"黎簇道，"你刚才说里面是什么？"

"你自己看，我就看了一眼，太可怕了。"苏万看着那箱子，黎簇这才意识到，苏万进屋子后一直没有靠近过这个箱子。

"到底是什么啊？你说了也给我个心理准备。"黎簇道，"你这个样子我也不敢打开啊。"

"我没看清楚，应该是个人。"苏万道。

黎簇心说自己真没听错，真的是人，这到底唱的哪出啊？又问道："那是活的死的？"

"什么活的死的，你说这种东西能寄活的死的？死的，而且，死了应该很久很久了。"

黎簇抬眼看了看那纸箱，心说：死尸是吧，这就合理了，吴邪这批人，这种事情应该是干得出来的。

他咽了一口唾沫，就去箱子边上，把箱子再次打开，看到里面是一个更小一点的塑料箱子，材料有点像超市里卖的收纳箱。塑料箱子边上有卡扣，他一个一个打开，翻开一点盖子就意识到，这塑料箱子是密封的，一定不仅仅是塑料那么简单。

他用力掰开塑料箱的盖子，感觉到盖子非常重，塑料箱里有隔热的夹层，打开之后，一股干燥剂的味道就冒了出来，开始弥漫。

黎簇看到了里面有很多的干燥包，干尸用一种金色的锡纸裹着，只露出一个脑袋。

这是一具男性的干尸，能看到腐烂的痕迹，显然在腐烂的过程中，这具干尸边上的环境发生了变化，使得腐烂突然停止了，接着干尸开始风干，最后变成了这个样子。也许这人是死在沙漠里的。

这样的过程最起码要持续两到三个月，但是单看干尸，黎簇无法分辨这是一具古尸还是一具被风干的现代尸体。但是有一点可以肯定，他没有看到干尸头上有古人的发髻。

干尸的头发是很整齐的短发，稀疏但是沾满了奇怪的污物。黎簇看到，在尸体的胸前放着一张卡片。他拿起来看到上面写了一个名字，霍中枢（编号487）。后面有三行小字。

发现地区：北第六区第三甬道。
发现时间：1984年6月12日。
发现人：037号。

这是一张备忘卡，虽然只有几行字，但是隐含的信息却很多。这里有两个人的名字，一个是霍中枢，一个是037。霍中枢可能是这具干尸的名字，037是发现这具干尸的人，发现的地方是北第六区第三甬道。

这个地方显然特别大，因为光北部就有六个区域，一个区域还有很多的甬道。按照常规推测，肯定还有南西东三个区域的更多的甬道。甬道这个词语也很关键，它意味着，这个北第六区不是在山体内部就是在地下。

"你有什么看法？"苏万看黎簇发呆，就问道。

"你可能需要更大的地方。"黎簇道。

"为什么？"

"我觉得这应该只是第一具干尸，这样的东西，可能会有很多很多。"黎簇指了指霍中枢名字后面的编号，"最少，这样的干尸应该有四百多具。"

苏万张大了嘴巴看着黎簇，然后又看了看自己的房间，半晌才道：

"你确定？"

黎簇摇头："不一定，但是我觉得你应该做好这个准备，这种可能性非常高。"

苏万道："这、这、这怎么行，我们家不成殡仪馆了？"

"殡仪馆也吞吐不了那么多干尸，四百多具。"黎簇跌坐在地上，捏了鼻梁一下，觉得特别疲倦，"咱们最好事先租一个仓库。"

黎簇说这些话的时候，内心还是存有侥幸的，他觉得这事情似乎有点夸张了。苏万也觉得，这只是一个可能而已。

但是，就算只有一具干尸，也让他们够呛了。苏万打死都不肯和这具干尸待在一个房间里，但是如果他们出去过夜，苏万老爹进到房间里，肯定会吓得爆血管的。

可如果不存在家里，这东西往外面摆更离谱，要是被别人看到了，该怎么解释啊？两小孩运一具干尸在路上跑，拉风是挺拉风的，要被逮住了明天肯定是微博头条。

琢磨半天，苏万有了一主意。他们家住的高档小区，二期还在建设，建筑工地就隔了一条马路。晚上工地不干活儿，烂泥地基那儿没人，他们可以等天色晚一点，把这干尸运过去，刨坑埋了。暂时埋入地下，明天再去物色个仓库，如果真如黎簇所说，也好有个准备。

黎簇说："后者我同意，但是前者咱们这不属于月夜抛尸嘛，碰上警察更说不清楚了。"

苏万就道："要么你睡这儿，我睡酒店去，你搂着这兄台过几晚上我是不介意的。"

黎簇想想心里也发憷，只好点头。苏万就让他在这儿看着，他去搞辆板车和几把铁锹来，晚上好办事。

第
四
十
六
章

●

诈
尸

　　苏万走后，黎簇看着乌漆抹黑的房间，第一次感觉到了一丝寒意。这
个房间里，毕竟有一具干尸，这种感觉是他以前完全没有过的。

　　毕竟死党了那么多年了，苏万的房间他特别熟悉，设备齐，他待在这
里的时间可能比他待在自己家的更多。

　　他想拉开一丝窗帘，让外面的阳光进来，却发现窗帘都被钉死在
墙上。苏万有些神经质，他也不想去拆那些大头钉，于是打开苏万的
XBOX，开始打游戏。

　　这种感觉让他觉得十分梦幻，自己在死党家里打游戏，身后还有一具
干尸，床底下放着军火。

　　游戏这种东西还是很能分散人的精力的，他打着打着，很快就把阴
恻恻的感觉忘记了。《怪物猎人》猎了两三个怪，苏万的号装备不好，全
靠技术。他觉得手指抽筋，头晕眼花，就按了暂停躺在地上休息。他看到

了墙壁上的钟，发现苏万已经走了一个多小时。这小子到底是去哪儿买东西？自己打一把铁铲可能都已经打出来了。

他闭了闭眼睛，又坐了起来，准备继续打游戏。就是这个动作，让他忽然愣了愣。

在坐起来的过程中，他眼角的余光扫了一眼自己的身后。他好像看到，自己的身后站着什么东西。当他想起身后放着什么的时候，浑身的汗毛都乍了。

他也不敢立即回头，只觉得后背发凉。他缓缓地关掉游戏机，电视屏幕一黑，便从里面看到了身后的情形。

他看到那具干尸不知道什么时候竟然已经站起来了，背对着他，正在他的背后。那一刻黎簇没有直接晕过去算是他练出来了，在沙漠里他对尸体的恐惧消磨了很多，但是，如今的情况他却不知道怎么应付。

僵持了一会儿，黎簇看着电视屏幕，身后的干尸没有一丝动静。他想移动自己的身体，却发现自己的腿已经软了，在不停地发抖。

他用力揉了揉腿部，等腿恢复了一点就立马爬起身来，回头便看到干尸站在那儿，身上的金锡纸已经撑破，露出了里面干枯开裂的皮肤，一动不动。

难不成这人没死，只是长得丑点？丑成像干尸那样也太离谱了。

黎簇往边上摸了摸，从墙壁上扯下苏万装饰用的藏刀。干尸没有任何的反应，黎簇仔细地看了看房间的"地理形势"，发现干尸面对着房间的门，自己从门口出去必须要从它的面前经过。

这个险他显然不愿意去冒，他又环视了房间，目光落在和门相对的窗户上，自己从那儿爬进爬出很多次了。他一点一点摸过去，一个一个扯掉钉住窗帘的大头钉，慢慢把窗帘拉开。

外面的天色已经渐渐黑了，他一边用余光看房间里的干尸，一边看窗外的情况，希望窗外这棵法国梧桐最近没有被修剪过，卡在窗台上的那根树枝还在。

一看之下他就愣住了，窗外的梧桐上竟然爬了三四个人，全部蹲在那儿，手里都拿着棍子。

他一眼就看到了苏万，苏万在最远的地方，手里拿着把工兵铲。其他几个，都是经常在一块儿玩的死党。

黎簇看着他们，露出"你们在干什么"的表情，苏万忙让他爬出来。

黎簇看了看身后，小心翼翼地把手探出去，离他最近的人一把拉住，把他从里面拽了出来。他来到树枝上，往窗里望去，发现窗帘已经归位，把屋里的情形挡住了。

拉他的那人叫杨好，是附近街上的小混混，是苏万的初中同学，初中毕业之后就没上学了，一直打零工混着。因为打架的时候下手特狠，所以苏万有事就去抱他大腿，这两个人一个富二代，一个"混二代"，是这个区特有名的害虫。

在树上的其他人都是网吧里一起混的哥们儿，看样子苏万长久不回来，是为了跑去找救兵。

来到树下，几个人面面相觑，都不说话。还是黎簇先开口道："哥们几个都够义气，改天我请吃饭。"

苏万道："我买了东西回来，刚推开门就发现那东西站在你身后，我只好去叫人了，你还真淡定。"

黎簇点头："我改，我一定改。"

杨好问道："那玩意儿到底是什么东西？那是个模型吧，哥几个耍我们，我可直接上手抽啊。"

苏万道："千真万确。鸭梨你到底得罪谁了，寄个僵尸给你。"

黎簇摇头："我不知道，我真不知道。我觉得他们能做出这种事情来，但是他们寄这些东西给我有什么意义？"

杨好对苏万说："少废话了，这事儿我可不信。现在怎么弄？你不说给我几把真枪让我帮忙吗？不给我我可就回去了。"

"别啊，哥儿们，那东西在我房间里，等下把我家给灭门了。而且枪还在我房间里，咱们同心协力一次不容易，你们得救我。反正这一次，僵尸不咬死我爸，我爸也得咬死我。特别是你黎簇，这些东西都是你的，你给我麻利地搬走，否则我只能报警了。"苏万郁闷道。

"你报警我就一口咬定和我没关系，反正东西在你家。"

"哇，黎簇，想不到你竟然是这样的人。绝交，我要和你绝交！"

"都给我闭嘴！"杨好听烦了，骂道，"你给我确定，你房间里真有真枪？"

苏万道："这时候我还能骗你吗？你进我房间分分钟就拆穿了。"

黎簇道："这我可以证明。"

杨好看了看黎簇，想了想道："我相信鸭梨，鸭梨正经，不会骗人。"说着对身后的人道，"抄家伙，找个麻袋，我们把房间里那东西拽出来给做了。"然后转头对他们两个道，"你要真要我，我肯定很受伤。我受伤了你们肯定也好不了，懂不？"

说完杨好摆手，几个混混兜起家伙就往苏万家的门口摸去。一路进去，苏万的父母在房间里看电视，门虚掩着。一行人摸着过去，来到了二楼。黎簇看到了苏万的房门就开始紧张，刚想停下来和这些人休整一下，杨好就抢过身后人拿的麻袋，转身推门进去了。

其他人措手不及，听到房间里一连串打翻东西的声音，忙冲进去帮忙，一下看到杨好踹着一个东西，麻袋已经套在他头上了。

几个人上去一顿乱捧，直捧到都没了力气才散开来。一看，麻袋完全瘪了，里面的东西都没了人形。

几个人再次面面相觑，杨好上去一把把麻袋扯开，就看到那具干已经支离破碎，被打成了尸块。

"楼上搞什么，苏万你皮痒了是吧？"楼下苏万的父亲大吼，苏万扯着嗓子喊道："对不起老爹，我们轻点，你们睡吧。"

"再闹我就给你们爹妈打电话，没家教！"老爹继续大吼。

黎簇也喊道："叔叔，对不起叔叔，我们一定轻点。"

老爹"砰"的一声把门给关上了，苏万蹲下来，喃喃道："牛啊，我们把僵尸干掉了。杨好，你现在不光是小区一霸，你简直可以称霸三界了。"

"这东西比你还不如，直接就踹翻了，一点反抗都没有。"

"是没反抗。"黎簇好像看到了什么，凑近过去，从碎片中拨弄出一个东西。那是一根杠杆，连在放尸体的箱子底部，"这儿有一机关，能让干尸从棺材里立起来，这不是僵尸。"

"啊？为什么要这么干？"苏万问道，"恶作剧？"

"不是，是为了这个。"黎簇指了指那放干尸箱子的底部，他们就看到，在箱子底部，干尸的身下，还有一块板可以翻开。

"吓，还有乾坤。"苏万从一个抽屉里拿出手套戴上，然后把那块翻板打开，看到里面只有一个饭盒大小的空间，中间放着一个用黄绢布包裹的东西，拿起来翻开一看，苏万立即把里面包的东西丢了出去。

杨好单手接住，也皱起了眉头。

那是一只手，被凝固在好像羊脂一样的固体里。固体是淡青色的，能轻易地分辨出那只手有七根手指，而且，手指非常长，不像人类的手。

"六指琴魔的爸爸！七指独臂神尼！"杨好道。

黎簇捂着自己的脸躺倒在地板上，他认出了那是什么东西，那是九头蛇柏的藤蔓，黑眼镜曾经砍下了一根，一模一样。

黎簇无奈，心说：到底是怎么回事。老子根本不喜欢这些东西，寄点枪来也就算了，这种东西我卖破烂都没人要啊。

第四十七章 ● 又见梁湾

当天晚上算是有一个比较完美的结局，杨好看到了那批军火，特别兴奋，玩了半天，但是没敢要。苏万他们把尸体的碎片归整了一下，就按照原来计划掩埋了。苏万还买了香火点上。苏万请那帮人在万龙洲吃了顿鲍鱼，刷卡刷了一万多，于是黎簇决定那五百块暂时不考虑还了。

和杨好分别之后，苏万就对黎簇说："杨好这人有黑社会老大的潜质，一般混混拿把真枪肯定就满世界炫耀泡妞去了，肯定几天就会被发现，指不定我们都会暴露。杨好显然明白，这把枪要完全属于他，放我们这里是最保险最安全的。"

黎簇完全没听进去，他回来之后，暴风雨一般地发生了太多的事情，这些事情完全没有逻辑，但是本身又有必然的联系，他觉得，他肯定陷入了某个阴谋之中。

现如今，如果自己再傻下去，很可能最后连怎么死的都不知道。他决定想办法去弄清楚，如果弄不清楚，他决定一定一定报警听警察叔叔的了，什么钱都不要了。

黎簇和苏万分别，当天晚上他做了一晚上噩梦，第二天早上，他就到医院去找梁湾。这件事情很大程度上是梁湾促成的，这个女人肯定知道些什么。原本已经不想再和这一切有任何联系，现在他走投无路，只能从唯一的线索查起。结果到了医院一问，梁湾休年假去了。

他一路找到梁湾的家里，敲开她家门的时候，梁湾一脸惊讶。她穿着一身短装，热裤露着两条修长白皙的美腿，上身只穿了一件背心，是的，只有背心。

成熟女人的曲线让黎簇愣了一下，心猿意马：不行，我现在没工夫想这些。

"你来干吗？"梁湾松开扶着门的手，让他进来，"逃课可不好。"

"我有事找你。"黎簇进去，就看到梁湾大咧咧地往沙发上一躺，立即觉得自己的眼睛不知道往哪儿放。

"说，什么事？该不是问我要那五百块钱吧。"

"不是，不过你要还我也行。"黎簇坐得远远的，心说：如果报警，自己的资产就只剩这五百了。

梁湾瞟了他一眼："干吗坐那么远，怕我吃了你啊？"

"我们又不太熟，我就问几个问题，问完我就走了。"黎簇道。

梁湾叹了口气，拿起指甲油给自己涂起来："吓，和我摆起龙门阵了。怎么，和我吃过一顿饭就以为是我前男友了？你这种态度我可不配合你。"

黎簇知道这女人是嘴巴上不饶人的，没有必要和她在嘴皮上多磨工夫，也不多说，转身就脱掉了自己的上衣。

梁湾吓了一跳，坐起来："你干吗？老娘抽你了。"

黎簇转身从自己的包里把那只"七指怪手"拿了出来，然后转身把那只怪手和自己背后的图案放在一起。

"有点人道主义精神的话，你就配合一下我这个可怜人。"黎簇说道，"小弟我快被你前男友的老板整死了。"

梁湾皱起眉头，仔细看了看黎簇的背和那东西，就道："你想知道什么？"

黎簇道："我想知道你知道的关于这件事情的一切，你和王盟说过一些什么，他告诉过你什么，一切的信息我都要知道。"

梁湾看着黎簇，忽然就道："那你应该去一趟杭州。"

"杭州？为什么？"黎簇吃惊地道。

"我也一直在犹豫要不要去一次，如果你想弄清楚这件事情，杭州才是关键。"梁湾拿出自己的手机，翻了翻，找出一条短信，"这是他们铺子的地址，王盟告诉过我，那儿是他们的大本营。我实在不知道其他的了，不过如果你想去调查一下，你肯定得去这个地方。"

登上杭州的飞机之后，黎簇有点拘束。这种感觉很奇怪，一来是因为梁湾帮他付了机票钱，他看到梁湾打电话订机票的样子，觉得好帅。

未成年人看成年人做任何事情都有一种卑微感，这种卑微感让黎簇觉得无所适从，毕竟他还是很喜欢梁湾这样的女孩的。可是年龄的差距太大，让他越来越不敢想。

另外就是一种恐惧，他的身上只有几十块钱，要去一个陌生的城市，这和去沙漠不同。在沙漠里他担心的是自己的小命，但是去到杭州，如果梁湾不管他了，他难道要一路乞讨回来？

虽然他的这种心思梁湾一眼就看穿了，还对他说："放心吧，姐姐养你，以后赚钱了记得孝敬姐姐。"但是他心里还是很不安，梁湾这个女人太情绪化，万一哪天自己说错了一句话，估计她摔门就走，自己兜里的三十四块两毛八到那时候就是自己保命的资本。每到这种时候他就想快点长大算了。

"你紧张什么？"梁湾看他脸色阴晴不定，"这该不是你第一次坐飞机吧。"

"不是，当然不是，经常飞。"黎簇道，心里想着上一次和吴邪飞的时候，"我有理由紧张，你要理解我。"

"理解理解。"梁湾看了看他的背，"但你也别太夸张，引起空姐注意把你拽下去。"

黎簇"啊"了一声，心说之前被骗上飞机比现在还紧张，也不见得其他人提醒他还有这种危险。

"你说，你的箱子有没有过安检？"梁湾翻着飞机上的杂志问道，"要是他们看到箱子里有只手会不会把箱子扣下来？"

"我怎么知道。"黎簇道，"他们不会拆开箱子看吧？"

"现在都是X光扫描的，不用开箱，土老帽。"

"啊？"黎簇被她说得担心起来了，如果行李安检员发现行李里有一只断手，那事情就大条了。她干吗要提醒自己，提醒了自己不是更紧张吗？

但是他看了一眼梁湾，发现她拿着杂志看的那一页，是一则房产广告。她看似在聚精会神地看着，但目光却是散的。

她也很紧张，黎簇立即意识到，原来她啰唆这些，是因为她也很紧张。

是啊，设身处地地想一想，即使是梁湾那么泼的女人，遇到这种事情也理应感觉到害怕，普通人对这种事情应该是唯恐避之不及的。

如今她还出钱带自己去找这件事情的源头，黎簇忽然有些感激。或者说，这个女人，在这件事情里，也有必须要了断的事情吗？

飞机在下午三点多降落到杭州，他们没有入住宾馆，而是直接打车前往一个叫西泠印社的地方。

梁湾坐在车里看着窗外，从下飞机开始她就没有说一句话。

黎簇忽然感觉到不妙，他意识到自己一直以为是梁湾陪他来这里寻找答案，但是，现在看来，情况也许正好相反。

第四十八章

●

解雨臣

　　他跟着梁湾一路到了一个叫吴山居的地方，发现大门紧锁，这个古色古香的好像印章铺子的地方没有开门。他叹了口气，转身想走，却看到梁湾对着门捶了几下。

　　门板很厚重，几下并没有多少动静，但是黎簇还是听到里面传来了一个声音："哪位？"

　　接着一块门板被揭开，一个人探头出来，黎簇发现这屋子里竟然有很多人。

　　"你是？"那人问道。

　　梁湾把黎簇背包里的"断手"拿了出来，递了过去："给你们头儿，随便谁，只要是管事儿的就行，让他看看这东西，我在边上喝茶，有兴趣的话就来找我。"说完她转头就走。

　　黎簇莫名其妙地跟着梁湾进了边上一个茶馆，还没等他发问，梁湾转

身就问他："老娘刚才帅不帅？"

"帅，帅呆了，简直就是女杀手一类的角色。"

梁湾抬起头笑了笑，黎簇发现她的眼睛有点红。

他一下也不敢说话，心说：老子果然不是主角啊。她这样子，身后肯定全是故事。那个王盟或者吴邪到底伤她有多深，还是说，这女的根本就不简单？

"别琢磨了，不是你想的那样。"梁湾说道，"我是想起了另外一个人，和他们没有关系。"她苦笑了一下，"我之前见到王盟，说是如何如何，其实那一次，并不是我第一次见到他们。我还在做实习生的时候，见过一个病人，他是不明创伤导致的骨裂和失忆。当时我在照顾那个病人的时候，就见过这些人。"

她叹了口气："有些人，不能见，见一次，负一生。"

黎簇扬起眉毛，心说难道还是花痴？

"我在照顾那个病人的时候，听到了不该听的东西。"梁湾看着窗外的西湖，悠悠地说道，"那些人，那个人身边的朋友，似乎很想从那个人那里得到什么信息，他们很勤快地照顾他，但是始终不可能有我勤快，因为我就在医院里面。每天晚上，我都会在这个人的病房里逗留很长时间。这个人有的时候会说很多没有意义的词语，这些词语单个听都是没有意义的，但是，我一天一天地听着，终于听出了一些端倪。我并不知道这些端倪到底有什么意义，我只是记住了这些信息。后来那个人出院了，我就再也没有见过他。"

"你是很喜欢他吗？"黎簇问道，心中有些发酸，心说水性杨花的女人啊，你到底喜欢谁啊。

梁湾看了他一眼，说道："不仅仅是因为这个原因，后来我遇到了王盟和吴邪，我认出了他们，于是，我开始故意接近他们。其实我原本不是你的医生，是我主动调过来的，我就是想知道这些人到底想干什么——"

"然后呢？"黎簇问道。

"然后，我发现他们的世界，水太深了。我和王盟聊天，试图套出一些信息。我成功了，那个人的那些话，我原本不知道是什么意思，但是王盟和我说了很多事情，让我突然明白了那些话的含义，我非常害怕——"

梁湾说着忽然抬头，看向黎簇的身后。

黎簇立即转身，看见门口走来一个年轻人，身后跟着好几个人，其中一个就是之前在吴山居应门的那人。

这些人很快发现了黎簇和梁湾的所在，为首的年轻人就朝他们径直走了过来，边走边对身边的人吩咐道："清场，把这个茶楼包下来。"

身边的人立即散开，到四周的桌子前开始交涉。年轻人来到他们面前，笑了笑："两位跟我去二楼雅座吧。"

"老板，你这么弄对其他客人恐怕不太礼貌吧。"梁湾说道，一副很强硬的样子。

年轻人说道："是的，你说得对。所以两位跟我去二楼雅座吧。"说完他身后的人已经围了过来。

梁湾显然也没有想过会遇到这种情况，手足无措，和黎簇两个人被架了起来，被一路拖往二楼。黎簇心里狂骂：浑蛋，怎么又把老子搞到这步田地。忽然就听"哑"的一声，接着是一声哀号，走在他前面的梁湾边上的一个打手捂着脸滚了下来。接着又是"哑"的一声，另一个也惨叫着摔了下来。

黎簇看梁湾蹬着高跟鞋，不知道从哪里掏出了一瓶防狼喷雾，一边对着人就喷，一边还对着黎簇大叫："快跑！"

黎簇身边的人已经松了抓住他手臂的手，想上去制服梁湾，他立即挣扎，想和动作片里一样，从乱群中猫腰滚出去。但是无奈人太多，瞬间他又被提溜了回来，梁湾也已经被抓住了。

"不准打脸！"梁湾最后叫出的是这句话，然后身边的一个被她喷中的人，从她手里掰出防狼喷雾，对着她的脸就是一下。

她无法说话，闭紧眼睛大吼，努力跺脚，也不知道是哭还是哀号，接着就被人拖到二楼去了。

那喷他的人自己也不好受，满脸眼泪，低头看了一眼黎簇。黎簇倒吸一口冷气，立即道："不关我的事情——"话没说完，那人已经下了几步，拿着防狼喷雾喷了黎簇一脸。

从来不知道被防狼喷雾喷到了，竟然会是这样的感觉。黎簇的眼睛和鼻子受了刺激，让他有很长一段时间都无法思考，所有的体力都用在了打喷嚏和流眼泪上。那种剧痛是整片的，他恨不得有人能拿一把刀过来，把他的脸整个儿挖出来。直到有人拿来牛奶给他洗了脸，他才慢慢缓过来，不过却满头满脸都是牛奶。

他睁眼就看到梁湾鼻子眼睛通红地在擦头发，她的头发比较长，正用毛巾不停地擦拭。所有人都看着他们，在他们面前，为首的年轻人泡了一壶茶，正在玩自己的手机。

"还有牛奶吗？"黎簇问了一句。啪，对方把手机一甩翻盖盖上："长话短说，你们是什么人？"

黎簇不敢乱说话，抬头看梁湾，后者对那个年轻人道："我是你妈。"

年轻人拿起桌子上的防狼喷雾对着梁湾又是一下，梁湾一阵尖叫，从椅子上跳了起来。边上立即又有人拿着牛奶给她冲洗。

"说，你们是谁？"年轻人又问道。

梁湾终于哭了出来，也回答不了，年轻人就看向黎簇。黎簇立即道："我是一个穷学生，那个，你千万要有耐心，听我慢慢说，这是个很长的故事。"

黎簇花了十五分钟，把来龙去脉全部和这些人说了。十五分钟，他的脑子转得如闪电一样快，生怕自己有一点磕巴对方会再喷他一脸防狼喷雾泄愤。

听完之后，那个人只问了一句话："那部手机呢？"

黎簇指了指他的包，有人把包递给他，他把手机拿了出来。

那人打开手机，翻动了一下，叹了口气："他为什么选了他？"

黎簇"嗯"了一声，不明白是什么意思。他脑子一片空白，不知道此时应该想些什么。年轻人对他道："你已经把你知道的事情全部告诉我了？"

黎簇点头，年轻人就把手机还给了黎簇："这手机对面的人，还有可能会打过来。如果他打过来了，你打这个电话通知我。"对方递来了一张名片。

"哦。"黎簇接过名片，觉得太古怪了，现在的歹徒真的都完全不怕报警啊，还给我名片！

"一个电话，一万块钱。"年轻人继续说道，"我看到通话记录，立即付现金。"

"哦。"黎簇继续点头，心说：有钱是他们的共同特征。

年轻人拍了拍他，起身就要走，黎簇立即道："那个，老大，那些东西怎么办？要么你们找人把那些东西都搬走，我是无辜的，别牵连我和我朋友。"

年轻人道："既然他把东西寄给你了，肯定就有他的用意，你留着或者自己处理吧。"

说着，他没停步，带着人瞬间就离开了，只剩下黎簇和梁湾两个人，那只"断手"也放在桌子上。

梁湾还在那儿哭，黎簇看了看，还是不知道发生了什么事情。他还有点蒙，看到桌子上还有半瓶牛奶，就端过去，问道："你要不要再洗洗？"

梁湾抬头，眼睛肿得像金鱼的水泡一样，摇头："你走开。"

"姐姐，他们是歹徒，你何必搞成这样呢？"黎簇道，"现在安全了，我们先去医院吧。"

"你完全不懂！"梁湾又趴了下去，大哭起来，"他又骗我，说什么杭州都是他的朋友，绝对不会伤害我，什么朋友啊，从来没有人那么对过我。"

黎簇皱起眉头，品味了一下她刚才的话，心里觉得异常诡异。这个女人到底是怎么回事，什么骗不骗的？

他管不了那么多，梁湾还是哭，他劝了几下，实在是不行，就由着她去了。自己则坐在一边，看对方给他的名片。他以为会是一张特制的名片，没有想到，却是一张普通的名片，上面写着：

解雨臣董事长
北京瑞恩-罗恰德拍卖有限公司

"名字真女气。"他自言自语道，心说这小白脸还是个董事长，肯定是个富二代。翻过名片，他看到在名片的背后，竟然写着一个地址。

长安镇东方学院对面三区2组19号

这个地址用一个箭头指着，边上有一行英文，意思是：不要相信任何人，到这里去。

第四十九章

●

浙南小镇

黎簇皱起眉头，挠了挠头发，看了看梁湾，看了看名片，忽然意识到了什么。

他回忆了一下刚才发生的所有事情，虽然一切发生得很快，几乎让人应接不暇，但是他还是记住了很多细节。自己一想，不由得产生了一个念头。不过这个念头让他很头疼，如果如他所想，那就太乱了。

这事儿该有多乱，才会把人逼成这样。

"别哭了。"黎簇说道，"虽然我不知道你和他又有什么奸情，但是他并不是认不出你。"

"你不要骗我了，他刚才的表现，如果是装的，那比认不出我更人渣。"梁湾哭得更加厉害了。

黎簇把名片给他看，梁湾看了一眼，说道："谢谢，现在我至少知道这个王八蛋叫什么名字了。"

"我不是这个意思，你看他在名片上写了一行字，他为什么要偷偷在名片上写字，说明他不想他传递这个信息的事情被人发现。"

　　"那又如何？"

　　"你想，如果他身边全是他的手下，他有没有必要这样做？"黎簇道，"他这么做只有一个目的，他也不是很信任他身边的人。"

　　"然后？"

　　"然后，如果他不信任身边的人，那么他喷你防狼喷雾，或者对你不好，也许是为了你好。"黎簇说道。

　　梁湾抹了把眼泪，想了想，忽然道："你说得有道理。这么说，这个人也在一个令他很苦恼的环境里？"

　　"这人光气度就相当牛了，如果他这么牛都能苦闷，那么，这一定是一个非常苦恼的环境了。"黎簇道。

　　"对！你说的是对的。"梁湾看了看名片后面的地址，"走，我们去救他。"

　　黎簇把名片抢了过来，说道："等一下，你先冷静一下，先告诉我到底是怎么回事。看样子你爱上的人不少，我个人觉得这些人肯定在进行什么秘密的计划，请问你是怎么和这么多人搞上关系的？"

　　梁湾啪的一下又把名片抢了回去，说道："救人要紧，先去看看这个是什么地方，会发生什么事情，我再决定要不要告诉你。"说着她看了看名片，"这不是杭州的地址，应该是浙江边上的某个小镇。我们现在去打车，今晚就能到。"

　　四个小时之后，他们已经来到了这个小镇的某个胡同里。真的是一个很小的小镇，高速路口出去还开了很长一段省道才到。天黑了看不清楚四周的地貌，只觉得全是天地，这里是平原地带，连个土坡都看不到。

　　他们到达小镇的时候，小镇里的灯已经全灭了，这里显然没有什么夜生活，十分安静。

　　"好奇怪的地方，一到九点就没有人上街了。"梁湾道，"我当时还以为夸张，现在看来是真的。"

出租车到了胡同口就不肯进去了，看胡同里面一片漆黑，梁湾一直在游说，说我们一个小一个娇，绝对不可能拿你如何，有什么好怕的。出租车司机说谁知道胡同里面是不是埋伏了几百个大汉，于是他们只好在胡同口下车。

两个人在胡同口站了一会儿，梁湾打开了手机的手电筒，两个人走了进去。

这是个典型的南方胡同，两边是小别墅的围墙。走到底有个铁门，里面是一栋农民房，门边贴着对联，红色的纸已经发白了，显然对联甚至不是去年的，最起码是前年的。铁门锁着，黎簇拿出名片，在钥匙孔里捅了捅，无奈地看向梁湾。梁湾却道："你是爷们，这种时候不是应该看你？"

"这挂锁是锁在里面的，我就算爬进去了也开不了门。"

"那我不管，难道你还要我想出办法把我们弄进去？"

梁湾叉腰看着黎簇，黎簇看看铁门，看看这个女人，叹了口气，知道自己有理也说不清楚。

爬墙对他来说不算什么，自己能多次逃过老爹的"追杀"，不是靠别的，主要还是靠他翻墙的本事。黎簇翻过多少次墙了，他自己也说不清楚。从最开始老是挂在墙上或者把裤子钩坏，到后来别人来向他请教爬出学校的六十三个位置，他对在任何地方进行攀爬的所有要领都了然于胸。

黎簇看了看周围的环境，这里是典型的浙南农民房的结构，高墙大院，从墙头可以看到墙内种的树木探出的枝丫。没有听到狗叫声，说明这个院子和四周的邻居都没有养狗。这使他宽心了不少，但是对于他来说，要爬过这么高的墙，需要借力其他的东西。

身边这个胡同异常干净，没有任何可以让他借力的杂物堆，只有一辆摩托车被锁在另外一户人家门口的廊柱上，根本搬不过来。身边唯一可以踩的估计就是梁湾了，显然梁湾是不可能当踏脚板给他踩的。

黎簇在门口转了三四圈，发现从墙壁爬上去是完全不可能的。梁湾骂

道："你到底爬不爬？装冷漠是什么意思？"

黎簇说道："你也要让我找到能爬的地方才行啊，我又不是四脚蛇，有面墙抬脚就能上去。"

说着黎簇看到了他们面前的铁门，铁门上有很多焊接后的缝隙，这似乎是他唯一可以落脚的地方。但是铁门顶上还有一米多高的院墙，就算他顺着铁门爬到上头，上面那一米多他也没有可以落脚的地方。他往后退了几步，拿了梁湾的手机照了照，开始有点沮丧，心说：这地方肯定是爬不过去的，难道我的一世英名就要毁在这个地方了？

除了爬墙之外，还有其他办法吗？黎簇一边想着，一边也觉得奇怪：为何这么一座院落，外面的防守会如此严密，这不像是一般浙南农民房的状态。

怎么办？黎簇把目光转向铁门的缝隙，他想自己的手是否能够伸进去，因为他对于撬锁还是有一番研究的。这也让他很汗颜，他突然发现自己所有的技能都和贼有关。他老爸并不想把他培养成一个贼的，为何他现在把自己搞成这个样呢？但此时也想不了那么多了，他尝试把手从门锁处的缝隙中伸进去，但发现根本不可能。缝隙极窄，显然这里的门质量相当好。

所有的东西虽然看似很土很简陋，但是几乎没有犯任何常识性的错误。

黎簇叹了口气，梁湾道："好吧，看来你跟我想的完全不同，你太让我失望了。是不是我们现在得去镇上买点东西，先住一晚再说？"

黎簇道："那倒不至于，其实还有很多方式。比如说，我们可以通过旁边那家爬到这家。旁边那家门口停着摩托车，这是这个胡同里唯一可以借力的东西，踩着它应该能爬上去。"

梁湾道："你确定可以吗？"

黎簇道："我不确定，假设我被抓住的话，你就不要管我，记得明天假装我的姐姐，到派出所来领我就可以了。"

说着，黎簇整理了一下自己的衣服，踩住了摩托车，用力一跳，双脚在墙壁上砰砰几下就爬到了墙顶上。

第五十章

● 院墙上的脸

这些人修葺的墙壁极阴险，墙壁的上檐做得很锋利，它是一个收缩的弧度，上檐基本上像是刀刃。

黎簇爬上去之后深吸一口气，没有手电筒是一个大麻烦，还好月光够亮，此外上面没有镶嵌玻璃碎片也是好事。他趴在墙檐上往里看去。这个院子里种满了各种菜和绿植，甚至还做了一个三层架子来摆放那些花盆，显然屋主是个园艺爱好者。

黎簇心中一喜，脚尖一点，腰部一用力，噌的一个翻身，从墙的这边翻到了另外一边，接着他双手一松，就顺势滑了下去。由于身体和墙壁有些许摩擦，让他滑落的速度不快，所以落地几乎没有声音。

那一瞬间黎簇觉得自己好像评书里的刺客一样，倒挂卷帘门，落地悄无声。

这个院子里没有狗，真是太幸运。他叹了口气，看了看屋内的灯全都暗着，就蹑手蹑脚地摸到了另外一边放花的地方，然后把花盆一个个搬到和隔壁相邻的那面墙下，慢慢地堆成一个金字塔。

接着黎簇借着金字塔爬到了最顶端的那个趴台上，脚用力一蹬，就蹿了上去，想抓住边上通往隔壁人家的墙壁。结果，忽然看到的景象让他立即卸力，把手缩了回来。

这个动作如果有人看到一定觉得他傻透了，因为他的脚还没有离开花盆，就立即缩了回来，在别人看来这是一个踮脚的广播体操动作。

那是因为他看到隔墙顶上面钉满了铁钉。黎簇越来越奇怪，这些人造围墙，对着街的墙壁不做这种措施，对隔壁邻居却防范得这么严密，为什么呀？

黎簇也看不太清楚，如果是铁钉的话，对于他来说也是一件好事情，因为他有对付这种东西的绝招，而且这些钉子很大程度上更利于他攀爬。

在墙壁的顶端安放钢钉虽然是很常见的方法，但是这些钢钉基本上不会深入到墙壁内部，很多都是在浇灌墙壁上檐的时候，简单地把钢钉插到水泥里的。这些钢钉其实并不牢固，用重物敲击就很容易把它们从水泥里敲下来。但是在这夜深人静的时候，黎簇显然不可能用这种方法。而如果不把钢钉敲击掉的话，即使不牢固，对人的心理以及碰到人的皮肤也是很大的伤害。

不过黎簇并不害怕，因为他知道，钢钉这种东西，一旦过于密集就和没有是差不多的。这是一种物理现象，也就是说支撑点越多，受力面积就大，压强就越小。如果一块板子上面的针多到一定程度，黎簇甚至敢直接走上去。

即使如此，在这些钢钉之间也必须要有某种东西作为缓冲。黎簇东搞搞西搞搞，东看看西看看，从这边的院子里翻出了一个脸盆。他把脸盆倒扣在墙壁的上檐，用力趴了上去。钢钉吃力，立即穿破了脸盆，但是并没有穿破太多。黎簇一边趴着，一边缓缓地把自己的身体挪到了墙壁上檐，他知道只要自己动作够慢，这些钢钉带来的痛苦完全不算什么。而且因为钉很容易抓住，这就变成了他十分理想的攀爬物。

只爬到一半的时候，黎簇已经气喘吁吁，毕竟不像刚才那样，用脚一蹬就能直接翻过去。

他用力扒住，使得自己的手臂渐渐适应钢钉带来的疼痛，再慢慢地使力让自己的下半身撑到墙壁的上檐。此时，黎簇刚想往对面的院子瞧去，却陡然发现在墙壁的另外一面探上了一张怪脸，和他来了个面对面。

那张脸无比的惨白，睁着一双巨大的眼睛，冷冷地瞪着他。

黎簇愣了两三秒钟，突然"哎"了三声，整个人往后倒。这种恐惧，如果不是亲身经历，真的很难理解。爬上墙头之后，突然对面也爬上来一个东西，和自己脸对着脸，几乎要亲上了。如果是心脏不好的人，可能当场就会被吓死。

黎簇向后倒，结果衣服被铁钉钩住，也没有立即从墙壁上掉下去，而是被倒挂在半空，挂了大约四五秒钟，直到衣服被撕裂，整个人才摔到了底下的花坛里。

这下摔得惨了，花盆金字塔被他横倒下来的身体砸垮了，摔到地上，碎得一塌糊涂。

黎簇惊魂未定地爬起来，喘着气，想缓一缓，忽然身后房子里的灯全亮了。黎簇反应还是比较快的，一看情况不对，立即就冲到门口，想看看是否能从里面把门打开。但是他心中知道希望很渺茫，一般农民房都是双面锁。

动了几下发现打不开之后，他立即冲到另一边，胡乱地搬了几个还没摔碎的花盆过来垫脚，重新爬到墙上，翻了出去。

外面的梁湾正在抽烟，听着院子里有声音，还没有反应过来，显然不知道出了什么事。

黎簇落地之后，拉着梁湾就跑。两个人一路跑出了胡同，随便找了个方向就开始狂奔，一直跑到上气不接下气黎簇才松手。他看了看身后，就单手撑在树上不停地喘气，甚至呕吐起来。黎簇跑成这样，梁湾就更不用说了。她揉着被黎簇拉着的手，几乎是歪倒在一边。黎簇看她似乎高跟鞋跟都跑掉了。

梁湾问他："你到底做了什么事情？如果真不行，以后能不能别逞强？"

黎簇说："你不知道我看到什么东西，哇，那太吓人了，那屋里是有人住的。"

梁湾道："那屋里有人？你确定吗？"

黎簇道："我不确定那是不是人，反正有东西。"

"真的？"梁湾再次确认。

黎簇心说怎么那么多废话，点头道："绝对错不了。你就是太莽撞了。"

"不是你说里面没人的吗？"梁湾想了想，对黎簇招了招手，"走，我们得再回去。"

"回去？！回去你可得去派出所捞我了。不对，这儿的人不一定那么仁慈，可能先把我绑在树上打一顿，顺便丢几个臭鸡蛋之类的。"

"你要揣摩人的心理，哪有贼刚跑了就立即回去的。"

黎簇指了指自己破损的衣服："我的衣服片还挂在他们家墙壁上呢，我觉得他们不会奇怪我为什么回去，只会觉得我回去太好了。"

梁湾看了看他的衣服，叹了口气："那你在这儿等我，我自己回去，他们总不会觉得刚才是我这样的人翻墙进去的。"

"你千万别，这大晚上的，人家一肚子火，你小心人家那个你。"黎簇赶紧阻拦。

梁湾咧了咧嘴巴，刚想反驳，忽然边上警车开了过去。他们两个人都条件反射地缩了一下脖子，往树后面躲。

"报警了。"黎簇道，"你看，人家肯定很生气。我把那些花都踩烂了，也不知道是什么品种，要是兰花我都得被枪毙了。"

梁湾想了想，对他道："你在这儿等着，我自己去，如果他们报警了，我更安全。"

"可是……"

"没什么可是的。"梁湾拍了拍他，塞给他两百块钱，"你快去把你的衣服换了。"

"这么晚我上哪儿买衣服去？"

"自己的事情自己做。明天一早在这棵树下会合。"梁湾用指甲在树上划了两下，然后转身就走。

黎簇叹了口气，看着这个女人一瘸一拐地往刚才跑来的方向走去，只觉得窝囊。他在路上闲逛了两个小时，才来到这个小镇比较热闹的地方。此时已经是晚上十一点多了，这条闹市街上开的店也只剩下足浴店和一些大排档。

他看了看手上的钱，觉得在大排档买到衣服的概率太小，于是走进了一家足浴店。十五分钟后，他穿着一身按摩师的制服走了出来，身上还剩下一百五十块钱。虽然感觉有点蠢，但是总比穿那件破衣服被警察盘问的好。接着他进了旁边的网吧。

到了熟悉的地方，他感觉舒服多了，坐下来之后登录了自己网络游戏账号，一直打到凌晨三点，他忽然惊醒：我是不是太淡定了？那个女人让我早上去找她，难道我就真的早上去找她？一来我为什么要那么乖；二来她自己能不能搞定？警察在现场总不至于要待一个晚上，如果她已经混进去了，那岂不是我也可以混进去？

黎簇想到这里，天人交战了一下，因为每次在网吧里，让他离开椅子都很难。努力了之后，他终于离开。

第五十一章

· 诡异农宅

出门之后，黎簇发现自己不记得来时的路了，问路也没有用，谁也不会告诉你一棵被指甲刻过的树在哪里，何况已经半夜了。

只能按照记忆慢慢往回找，四点多的时候，黎簇终于找到了那个胡同。在胡同口听了听，里面一片安静，似乎事情已经平息了。

黎簇小心翼翼地摸进去，一路到底，四点的月亮比之前的位置更高，月光更明亮，他能看清楚里面一切都没有变化。

被他侵扰的那个邻居的门也紧闭着，看不出刚才的风波。他来到胡同尽头的铁门前，立即就发现，门没有锁。

牛，他心说，这女人真有一套。一想不对，这门里面有人，她再有一套也很危险。

黎簇把耳朵贴在门板上，仔细去听，又趴下来，想看能否通过门和地面之间的缝隙看到一点里面的情况，哪怕是看到点光也好。

没有一丝灯光。

他爬起来想了想，心一横，猫腰就推开铁门，爬进了院子里。

这是一个干净到无法理解的院子，没有任何东西，如果是一个荒废的地方，至少会看到一些废弃物，但是没有，干净得让人害怕。

这也就等于，黎簇完全没有遮挡。他爬进院子之后，如果院子里有人，他就是一个纯粹的傻瓜。

他觉得在一个什么都没有的院子里不需要爬了，于是站了起来。这个时候，他看到院子里并不是什么都没有，院墙上靠着很多的板子，这些板子的样子和墙壁很像，黑灯瞎火的他以为是墙没整利索。

黎簇靠到板子边上，摸了一下，才发现这些不是板子，而是镜子的背面，墙壁上靠满了大镜子。抬头就看到这些镜子的上檐高出了墙壁，心中忽然一惊，心说：刚才看到的鬼脸该不是自己吧。

这些墙壁顶上全是镜子吗？

他试图翻开一面镜子照一下，但是太重了，绝对翻不动。他看了看刚才自己可能爬的位置，心中继续暗骂，看来是错不了，刚才看到的是自己的脸。

自己什么时候长得那么丑了。

不管这些，他转身继续往里看，屋子的正门也开着，里面一片漆黑。他又暗骂了一声，镜子，自己开着的门，在恐怖片里，这真是非常非常不好的兆头。

偷偷摸摸地挪到门边上，黎簇仔细听了听，里面没有声音，一点点声音都没有。不可能这么安静，除非真的是没有人。他吸了口气，觉得如果里面有人，在这么安静的环境下，他都能听到那人的心跳声了。

哈利路亚。肯定没有人。

他闪进了屋子，里头当真是一片漆黑，什么都看不见，外面的月光只能照到门前的一部分，其他地方似乎是全遮挡全封闭的，一点光都不透。

黎簇扫了一眼四周，看到在角落里，有一点奇怪的白光在闪动。他贴墙向着白光靠近几分，发现那是一部手机，好像是梁湾的。他捡起来打开，手机屏幕已经碎掉了，但还亮着。

他翻转手机，照了照室内，一下看到在他的身边，竟然还蹲着一个人，也正借着手机的光看着他。

黎簇的第一反应就是反手一拳，拳头直接打到边上那人的脸上。他本来以为无论对方是人是鬼，这一拳下去至少能让对方缩一下脖子。但是他没有想到，一拳头挥出去之后，伴随着"砰"的一声，他面前的整个空间都晃动起来，同时，拳头一阵剧痛。

黎簇本能地缩回拳头，仔细一看才发现，原来他打中的又是一面镜子。镜子中的自己正拿着手机，随着镜面的振动，自己的脸部不停地扭曲着。

镜子就靠在墙边，离他非常非常近。他长舒了口气，心说：谁把镜子摆在这种地方，这地方是个镜子仓库吗？

黎簇揉了揉自己剧痛的指骨，拿手机四处一照，就发现不对，这个房间里的四周似乎放满了这样的镜子。他拿着手机沿着墙壁依次照过去，发现这些镜子大小不一，但是有些用白布遮着，有些上面有厚厚的一层灰尘。所以他刚才进来的时候，并没有看到发光的手机屏幕被镜子反射出无数个点。而边上被他打中的镜子，上面的灰尘已经被人擦掉了。

从手机落地的位置以及到镜子的距离来看，显然那镜子上的灰尘是梁湾擦的。黎簇深吸了一口气，觉得情况应该是这样，梁湾可能是蹭掉了上面的灰尘，定睛一看，就看到了自己的脸，也和他一样吓了一跳，于是就顺手把手机砸过去，跑掉了。

跑哪儿去了呢？

在屋子里转了一圈，黎簇发现有一条楼梯通向二楼。但是这个楼梯上堆满了杂物，只留下了一条特别小的过道可以让他通过。他用手机照了照楼梯上的灰尘，发现已经有人一路走上去的痕迹。

黎簇心说：这个女人其实胆子相当大，这里除了她的脚印之外，没有看到其他任何人的脚印。她的高跟鞋的印子还是十分容易辨认出来的，但是只有上去的脚印，没有下来的。难道她还在楼上吗？为什么她丢了手机之后没有把手机捡起来呢？

　　黎簌看了看手机，又看了看这满是镜子的屋子。屋里只有一个地方与其他地方不同，那就是在一根柱子旁边放着一张小桌，小桌上应该摆满了东西，用布盖着。

　　黎簌走过去，看了看布上的灰尘。小桌四周有很多脚印，可见梁湾也过来看过，但没有把布掀开，布上仍然是满满的一层灰。显然梁湾并没有在这个房间里做更多的停留。

　　黎簌开始天人交战，梁湾很可能就在楼上，也许吓蒙了，所以她什么都听不见。也许这个楼很高，如果她在三楼的话，就算没有吓蒙也不会察觉下面的变化。如果她是因为害怕，被镜子惊吓之后直接跑到楼上去了，那现在恐怕已经尿裤子了吧。

　　黎簌仔细想了想，比对了各种情况，还是觉得先找到梁湾再说。如果她真吓死了也不好交代。

　　于是他轻轻地走上楼。二楼有三个房间，但是门都是锁着的，而且铁门锁得非常紧，上面全是蜘蛛网。看样子梁湾也并没有碰过这些东西，上面的污垢丝毫未损。他继续往上走，一直到三楼。三楼只有一个房间，门开着，沿着楼梯上来之后，他只看到地上梁湾的脚印一路走向房间的一个角落。

第五十二章

●

两个梁湾

黎簌用手机照了照四周，发现仍旧没有回头的脚印，那梁湾应该就在这儿了。他仔细听了听，因为爬楼和紧张，他气喘得很粗，也听不清楚什么，只得轻轻叫了一声。屋子很空旷，但是还没有到形成回音的地步，应该是只要有人就能听见，但是没有回答。

黎簌又叫了几声，忽然觉得有点诡异。脚印告诉她，梁湾就在这个房间里，然而，这个房间里一点有人的感觉都没有。

他顺着脚印一路往前，心说难道这里还有其他的暗门不成？但是从手机光照射的四周的轮廓来看，这里不应该有通向其他地方的通道啊。

一直走到房间的边缘处，脚印还是一直延伸到那个角落里。黎簌有点犯嘀咕，梁湾为什么会走到那个角落里呢？而且脚印这么笔直，她似乎没有任何犹豫，直接就走向那儿了。

想了想，黎簌放慢脚步，一点一点走过去，死死地把亮着的手机对着那个角落。又走了三步，手机的光终于能照出角落里的情况了。他看到梁湾直挺挺地站在那边，脸朝着角落，紧紧地贴着墙角，不知道在干什么。

黎簇冷静了一下，他有点不敢相信自己的眼睛，也不敢相信自己现在所面临的状况。他默默地站了两三秒钟，想了一下刚才的状况。

这是浙江某个小镇里的某栋农民房，这栋农民房已经荒废了很长时间。夜晚，在这栋房子三楼的一间房里，完全没有光线透进来，里面一片漆黑。他来到这里发现在这个房间的角落里，面对角落站着一个人。

任何人在这个时候的第一反应都应该是夺路而逃吧，但不知道是因为黎簇本来就不怕这些东西，还是因为在沙漠里把胆子练大了，黎簇竟然忍住了自己第一时间转身就逃的欲望，而是远远地看着角落里的人。他甚至还冷静到用手机的光线四处照射了一下，看看是否还有其他人在逼迫梁湾这么做。

确定这个房间里没有其他人后，他才开口轻声问道："你在干什么？"

梁湾完全没有反应，还是脸朝着墙壁站在那里。

黎簇背后的冷汗开始渗出来，浑身的汗毛都竖起来了。他往前走了一步，这一步是他精准计算过的，使得他不会觉得前面这个人转身过来就能咬他一口。

第一步迈完之后，他又轻声地问道："你到底在干什么？"

梁湾还是没有反应。

黎簇长吸了一口气，借着手机发出的光，仔细地看着梁湾的背影。梁湾站得很笔直，她是一个风情万种的女人，走路的时候，总是似有似无地保持住她的曲线，像这种笔直的站法，他从来没有见到过。而且如果穿着高跟鞋的话，这种站法会特别累。

但是梁湾站着一动不动，这已经很不正常了。

黎簇心说：这个把月来我遇到的奇怪事情已经够多了，如果面前真的是我不能理解的局面，并且这局面还会如我所预料的向可怕的方向发展的话，我绝不会善罢甘休的，也是该了结了，要不你弄死我，要不就是我弄死你。

　　黎簇又往前迈了一步，心中的恶念已经翻了起来，想着爱谁谁的时候，忽然他的背包振动了起来。

　　手机被调成了振动放在背包里，电话一来，振动的声音几乎把他吓得半死。他立即从背包里把自己的手机掏出来。他原来没有手机，这是黑眼镜送给他的那部，翻开一看，他发现屏幕上有个号码正在闪烁，号码上方的名字是梁湾，是他之前在飞机上存的。

　　但是梁湾的手机不是在他手里面吗？难道自己误拨了？赶紧拿起手机一看，并没有拨电话出去。嗯，难道梁湾有另一部手机也使用这个号码？可是梁湾正在他面前，面对墙站着。

　　面前的这个女人难道在以他看不清楚的方式给他打电话吗？两只手都垂着，不可能啊！

　　黎簇惊恐万分，看了看面前的人，犹豫了片刻，把手机接了起来。他听见里面有个急促的女声说道："你在哪儿？"

　　黎簇说道："我在那个房子里面。"

　　梁湾"啊"了一声："你说什么，你在那个房子里面？哪个房子？"

　　黎簇说："就是我们要去的那个地址啊，我是回来找你的。"

　　梁湾道："不是让你早上再和我会合吗？"

　　黎簇看了看面前的人，面前的人根本没有说话，他又看了看四周，对电话里说："其实我看到你了，我在三楼，按道理，我应该就在你身后，不过情况有点奇怪。"

　　梁湾说："什么？不可能！我现在在胡同里，警察都还没有走呢，我都还没有办法进去呢。"

　　黎簇挠了挠头，看了看面前对着墙站着的梁湾说道："你该不会在吓唬……不对，你肯定在耍我。"

　　梁湾道："我干吗这么无聊耍你。倒是你，说话奇奇怪怪的！你到底在哪儿？说不说？不说老娘生气了。"

　　黎簇看了看手机，又看了看面前对着墙站的那个人，突然恶向胆边生。他觉得梁湾肯定是在耍他，虽然他不知道她是怎么做到的，录音还是超能力？即使不是，他也不愿意就这样僵持下去。

他深吸了一口气，不管电话里梁湾的追问，一路向前，一下子就按住了前面那人的肩膀，把她扳过来。

黎簇认为，梁湾虽然年纪比他大，但毕竟是女人，身板很纤弱，这一扳，肯定能把她扳过来。但是一手下去，那人的肩膀纹丝不动，显然十分有力气，而且并不柔软。用脸红的话说，黎簇知道梁湾摸上去是什么感觉，但是黎簇用力扯了两下，硬是没把她转过来。他的锐气消失了，退后了几步，害怕起来。

电话里的梁湾还在气急败坏地说话，黎簇没有心思再去听，他看见面前的这个奇怪的人，在黑暗中，缓缓地回头。

是梁湾没有错，他看到脸之后，连腿肚子都开始打颤了。原来他还心存一丝侥幸，以为能看到另外一个人，那么就算衣服相同，至少脸是不同的。

但是他看到的确实是梁湾的脸。在角落里，梁湾用一个诡异的姿势回头看着他，而另一个梁湾在电话里不停地咒骂。

黎簇决定跑了，他无法理解发生的一切，眼前梁湾那张在阴暗角落里的冰冷的脸，毫无表情地看着他，简直就不像是一个人。

就在黎簇准备转身离开的时候，面前的梁湾忽然说话了，但是他没有听到他意料之中的声音，而是听到了一个男声。

"把电话挂了。"面前的梁湾说道，声音很软，但是确实是个男人的声音。

第五十三章 ● 解雨臣的局

　　黎簇不敢相信自己的耳朵，也更加不明白眼前的情况。他和吴邪不一样，吴邪总是可以第一时间接受面前发生的一切，并且想办法去解决问题，但是黎簇是一个更加死脑筋的人，他实在搞不清眼前发生了什么事情。

　　在吴邪眼里，眼前的情况唯一合理的解释是，梁湾是个闪电侠，她正用快得超乎想象的速度在两个时空中切换，并且抽空还去变了性。但是对黎簇来说，搞不懂就是搞不懂，不过他还是顺从地把电话挂了。

　　"你来得太晚了。"梁湾说道，走到他的面前，从他手里接过手机，"随便找个地方坐吧，如果觉得太脏了，就站着，反正我说不了多久。"

　　"你是梁湾的哥哥或者变性姐姐？"黎簇问道。

　　"借这张脸只是为了能更好地脱身，你应该记得我，你能到这里来，是因为我给你的名片。"那人说道，"我脸上戴着面具。"

黎簇皱起眉头："真的？面具？真的有这种东西？"

"现在到处都有卖的，不算稀奇。不过这身衣服很难搞到，你仔细看，会发现其实不一样。"那人说道，"我用手机偷偷拍了照片，找人在下午赶制的。脸也很粗糙，用基本的面具稍微加工了一下，化装出来的。在阳光下无法骗过你，但是在这样的光线下就足够了。"

"你到底想干吗？"黎簇就很无语，他今年命犯变态吗？怎么遇到的全是变态。

"我没有多少时间，先简单和你解释一下你现在面临的问题。"那人说道，"现在你的小女友在另外一栋和这里结构完全一样的农民房里。我在这里有两栋房子，两个胡同的结构一模一样，房子里也一模一样。本来是为了躲仇家用的，后来荒废了。我让人把你女朋友引到了另外一个房子里，好有机会和你单独见面。"

"那你也不用打扮成这样吧，还特地站在墙角装神弄鬼的。"

"我打扮成这样站在墙角是有原因的。这栋房子里，只有这个墙角是透过所有窗户都看不到的，没有人能在窗外看到我和你说话，就算有人知道我在屋子里，他也看不到我嘴唇的动作，也就无法知道我在说什么。而现在我的手下以为你的女朋友是我，以为我在进行什么计划，我才得以脱身。我得赶快和她换回来，否则很容易露出破绽。"

"哦……"黎簇点头，其实什么都没有听懂。那人又道："我之所以这么做，是因为我的家族被渗透得非常厉害，我已经不知道应该信任谁，应该怀疑谁。而你这边，情况和我是一样的。"

"怎么说？"

"你收到的所有东西都来自我的一个朋友。这几年我们从一个大事件中脱离出来，慢慢开始面对我们自己的事业。我们发现，在混乱的这段时间里，我们四周的人都发生了变化。在面对以前那个大事件的时候，我们并没有发现这些细小的变化，现在我们逐渐发现了，我们身边已经没有可信任的人了。"

"然后？"

"我们之前有过一个提议，需要一个完全局外的人来帮我们进行一件事情，因为我们所受的控制已经太深了，不过这仅止于提议。但是按照你目前遭遇的事情来看，这件事已经不仅仅是提议了，显然他已经这么做了。"

"为什么选我？"黎簇说道，"我还是一个学生，你们要不要那么穷凶极恶啊？"

"这不是选的，我估计我的朋友是在没有办法的情况下才做的这个决定。也许是因为他发现了你的某种品质。"

黎簇心说：他的朋友是谁？是那个吴老板，还是那个瞎子？不管是哪个，肯定都看错了，我绝对没有那种品质，就算有，我改还不行吗？

"你要明白，若非一点办法也没有了，你绝对不可能被牵扯进来。说实在的，我也不知道他们到底发生了什么，其中内在的关系如何。当时我们只是把这个提议当作一个思考方向，并没有切实去执行。因为这样的一个局外人太难找了，我们必须保证他愿意被我们设下的各种线索所吸引，而不是直接报警，或者置之不理。今晚我也发现你确实是一个适合的人选，既然事情已经发生，为了我朋友的生命安全，就算你不适合，我也只能把这件事情推动下去。"

黎簇听着，默默地点头，但是听到这一句，他忽然觉得事情有些不妙："怎么推动？"

"你听着，从你收到第一个邮包开始，你和你身边的人，都已经陷入了危险之中。你现在之所以还活得好好的，是因为别人还搞不清楚到底发生了什么事情。这也是我朋友相当厉害的一点，你只是一个学生，他们不相信我们会让一个学生去做什么事情，所以首先倒霉的会是你家里或者身边的成年人。"

黎簇心里咯噔了一声，想到了自己的老爸。

"我冒险来和你见面，之所以要这么严谨，就是要保证没有人知道我和你见过面。你要相信，他们还得花很长时间才能反应过来，这件事情的执行者是个中学生。"

"等等等等，你不要说得好像很高兴的样子。"黎簇听出了一点端倪，"我什么时候答应你们了？"

"你还不懂吗？我首先要替我朋友向你道歉，但是事情已经发生了。"那人道，"我举个例子，我已经向整个武林宣告了一个消息，《九阴真经》的线索在你身上，你觉得你说不在，会有人相信吗？"

"那你再改口啊。"黎簇急道，急完他立即意识到改口也没用，顿时一口血差点喷出来，骂道，"老大，我怎么得罪你们了，你们要这么耍我！天哪，早知道这样我一定好好学习，不早恋不打电子游戏，当个课代表了此残生。"

"我的时间不多了，你现在的年纪是你的唯一优势。我这一次见完你之后，也不可能再和你联系。这里有十万元现金，很仓促我也只能准备这么点，你拿着见机行事。接下来你要做的事情，一定在寄给你的东西之中。你如果想活下来，就必然要顺着我朋友给你计划的前进，否则谁也帮不了你。"

又是十万，你们到底是什么人，为什么谁都给十万！黎簇要疯了，恨不得直接上去把钱塞对方嘴里。

说着那人递给了他一个黑色的塑料袋，沉甸甸的，说道："钱在里面，还有一封信，里面有一些我给你的简单建议，你可以看看。你在这里待着，一直到明天中午，你可以自己选择，回北京就回北京，和那个女人碰面就碰面，但绝对不要和任何人说见过我。"说完也不等黎簇再问什么，他就扭着屁股下了楼。

黎簇看着塑料袋，侧头想了想，刚想号啕大哭，手机忽然又响了。催命啊，他看了看手机上的号码，是苏万，立即接了起来。他听到苏万在电话里急促地问道："你在哪儿？"

"干吗？"黎簇觉得一切都不用着急，他遇到了那么可怕的事情他都没有着急，何况……

"你预计的情况发生了，那棺材又寄过来两具。我放在院子里了，如果明天再寄过来，我们家就真成殡仪馆了，你能不能赶紧回来帮忙？小弟我一个人应付不来，没有安全感啊！"

黎簇叹了口气，说道："好，我马上就回来。"

黎簇其实犹豫了很长时间，他在这个房间里又多待了一个小时，在黑暗中他也缩在角落里仔细思考着发生的一切。

有种惯性在推动他走向一个万劫不复的深渊，以前他没有感觉到，但是现在他从自己的思维方式里找出了这种奇怪的感觉。

为什么？常理上，一般人如果遇到这样的情况，第一反应该是摆脱这一切，没有人是会真正去思考这一切是否有可能，也没有人会真正去思考这些是否对自己有意义。但是从周围人的表现来看，他觉得很多都是无厘头的，甚至没有任何可能会发生的事情都一一发生了。

他身边的这么多人似乎全都在进行着一些完全是可笑的事情，为什么会这样呢？

自己只是一个学生，别人这样对待自己完全没有意义，也得不到任何好处。没有人会花这么大的精力去算计自己这么一个完全没有利用价值的人。等等，难道这是一个真人秀节目吗？

他想起很多国外小说里的情节，但他相信肯定不是，因为他去过沙漠，他遇到的一切东西，比如黑眼镜、沙子里面伸出来的奇怪的手，还有沙漠里的那支队伍，都绝对不是策划人策划得出来的。

也就是说发生的一切事情再可笑，再无厘头，再不现实，但一定都是真实的，那也就是说自己确实面临着那个人和他说的所有的问题。

此时，自己的选择就变得很重要很重要。他能逃掉吗？也许能逃掉。黎簇摸着脑袋想了想，但是一定不是现在。为什么？他现在面临的问题是对所有的东西不了解，他面对一个不了解的敌人。他必须思考一件事情：他逃掉之后会过怎么样的生活。他可以回去上学吗？可以再在公众场合出现吗？

他不知道这些事情自己还能不能再做，他必须了解自己逃掉之后的严重性，那么他必须要深入一点，思考这些问题的核心。

其实他现在可以非常简单地去报警，然后申请警察保护。但他真的是觉得这些事情说出来也没人会相信。

想到这里，黎簇背起自己的包，看了看里面的断手，开始计划自己真正要做的事情。他没有去理会梁湾，因为他觉得这件事情牵扯的人越少越好。他知道如果把这件事情告诉梁湾，梁湾肯定会有很多想法和主意。但梁湾和他毕竟不是一个利益共同体，他甚至不知道梁湾到这里到底有什么目的。而且梁湾很强势，也比他更有钱，对他来说，他如果和梁湾一起行动的话，他永远不可能说服梁湾按照他的方式去做事。

为了更大的灵活性，他只有自己来。

第五十四章

●

宿命

　　黎簇把梁湾的号码列入了黑名单，打算再也不接她的电话。他看了看那黑色塑料袋里的十万块钱，把袋口扎紧，放入背包，走到镇上，连夜打车到机场。他要马上回去看一看，如果要找一个盟友的话，他知道自己只能找苏万那批人，因为他知道那批人和他一样，是完全清白的。

　　而且苏万也能按照他的思维方式来思考问题。十万块钱，他相信苏万也拿得出来。但是这是真正属于他的十万块钱，加上之前的，他有三十二万块钱，不小的数字了，用来逃亡或者做任何其他的事情都绰绰有余。他不是完全无助的。

　　从小到大，他还没有见过这么多的现金。等他背着那些钱上了飞机的时候，他突然有了一种脚踏实地的感觉。原来一个人要有安全感并不是很困难，特别是像他这样的人。

　　有了自己的三十多万块钱，黎簇重新落地的时候，整个人的气场完全变化了。他在飞机上仔细思考了一切，恐惧、担忧、不切实际、梦幻感过完之后，在他心中涌起的竟然是强烈的刺激感。

"是的，我再也不是一个普通的中学生了。我变成了一个像小说中、电影中那样背负着奇怪命运的天选者，初始资金是三十二万块钱。"

是上天选择的人，这种感觉对于完全不知道自己价值的黎簇来说，似乎太美妙了。他走在路上都感觉呼呼地带着风。

当他重新走进学校，看着那些迎面走来的同学的时候，觉得自己的身影无比高大。"你们这些还生活在父母襁褓里、不懂社会艰难的人啊，怎么会理解我的痛苦。"黎簇心里念叨着。

黎簇跑到学校，十分淡定地和老师请了假。以前碰到这种事情，他都会特别紧张，特别焦虑。这次他特别冷静地站在美女班主任面前，很平淡地告诉她，自己将要去完成一件很重要的事情，需要请假，很久都没有办法来上课。

老师想打电话跟他父亲核实。黎簇只是默默地点了点头："啊，就算是班主任，在我如此强大的夙愿面前，也只是一个普通人而已。"

他背上包，留下了一个他自认为凄美的背影，离开了学校，直奔苏万家。

他其实在班里也找过苏万，但是苏万并没有来。他心中知道，在这种情况下，苏万一个人肯定不可能来学校上课。说到这个朋友，他还是有些内疚的。

"对不起，苏万，这是我的命运啊，让你受苦了。"

黎簇来到苏万家里的时候，看到一辆卡车停在苏万家门口，正往下卸货，心中涌起了不祥的预感。他往里一探头，就看见苏万正抱着头，坐在自家的花坛上面。院子里面已经堆满了之前寄来的那些大型的纸箱。最起码有三十个。

黎簇叹了口气，走了进去，叫了一声。苏万抬头看见黎簇，一下子就给黎簇跪了下来："大哥，你快想想办法吧，我快扛不住了。"

黎簇问道："一共来了多少件？"

苏万说："我告诉你，我托人查了所有寄到我家里的快递单号，加上这辆卡车，今天还有四辆。如果你再不想办法的话，我爸回来都进不了家门。"

黎簇想了想，对正在卸货的人说："你们先不要搬了。"

送快递的人问他："怎么说？"

黎簇说道："这样吧，我给你们点钱，我们现在去郊区找个仓库，我们把东西先搬到仓库里去。你看现在这种情况，也不可能全部堆在这儿。"

快递员说："我们还有其他货要送呢。你们这个东西会影响我们的工作的。"

黎簇就说："这样吧，价钱好商量。你们把货扔在这儿，我们也实在没有办法，这是人之常情嘛。"

说着，他拍了拍快递员的肩膀，把一卷钱塞了过去。塞完之后，快递员看了看他，点了点头："那你们赶紧找个仓库。"

黎簇做了一个OK的手势，对苏万使了个眼色，道："这样，咱们分头行事，你呢就在这儿守着，我跟着这辆车先去郊区找个仓库，找到仓库我就把地址发给你。怎么样？"

苏万看了黎簇一眼："你该不会直接开溜吧？"

黎簇说："我是这么没义——"

话音未落，快递员就大叫了一声，从车里跳了下来。他们回头一看，原来车里的箱子搬开之后，里面有一个特别特别大的纸箱，已经在运输的过程中被压坏了。从那个纸箱里面硬生生伸出来一只惨白的人手来。

黎簇跟苏万对视了一眼，那个快递员骂道："你们到底运的是什么东西？"

黎簇跟苏万相对苦笑，他们摆手让那个快递员冷静下来，慢慢地自己探头过去看了一眼，发现从那只箱子里伸出的不是干尸的手，而是一只新鲜的手。

黎簇吸了口气，心说：干的寄完了，开始寄湿的了。真是什么菜色都有。他摸了摸口袋里的十万块钱。心说：真背，这些钱刚刚到手，就这么被扔出去封口。于是他从那十万块钱里抽出了一沓，递给了苏万，让苏万去把那些人打发了，自己小心翼翼地走过去，蹲了下来。

这是一只已经有尸斑的手，尸体已经完全僵硬了，但尚未腐烂。比起干尸的狰狞，黎簇对于新鲜的尸体并不太熟悉，心中顿时升起了一股恐惧。

他小心地用手碰了碰，发现尸体的手冰凉冰凉的。用手拨开那个塑料纸板的缝隙，往里瞄了瞄，看到里面全是冰块。

他看了看后面，苏万正在和快递员交涉，试图用钱来摆平。趁他们没有注意，黎簇用边上的破的硬板纸把那只伸出来的手重新塞了进去，然后站起来，走到一边把刚刚快递员打算搬下去的纸箱重新搬回来，死死顶住那个破掉的箱子。

做完这些之后，他跳下车，走过去对快递员说："哥们儿，这是误会啊，这是我们的道具。"

快递员非常奇怪地看了一眼："道具？什么道具？"

黎簇吸了吸鼻子："你看这是一别墅吧，今天晚上我们要搞一个鬼怪主题的派对。然后这是我的小老板，小开，他请了很多工人来，准备好好地开心一下，所以搞了很多道具过来装饰一下。却不想把你们吓到了，对不起啊。"

快递员疑惑道："这是真的假的？我看这些都不像是假的。"

黎簇说："这绝对是假的，你不信过来看、过来看。"

黎簇看了看四周，然后压低声音说："哥们儿，我知道你车上运这东西不吉利，你看，我这也是没有办法嘛，对吧。我给你钱，你知道我们办这个派对也是有伤风化的，而且我们小老板的老爸也不知道这件事，要是知道的话非打死我们不可。也请你通融一下，反正这些东西我们也不准备往家里放了，也不用你们搬了。你们就好人做到底，我们把东西搬到车上去，然后运到仓库。你们也不用动了，全由我们搬。你们拿着这些钱，如果你想和你们老板说你就说，如果不想说想自己拿的话，我们也绝对不会透露，好吧？来日方长。"

快递员看了看苏万，苏万紧张得浑身冒汗，只有黎簇一张嘴皮子溜得东磕西磕的。快递员想了想："得了，你们自己搬，我可不碰这箱子，我可以当这事没有发生过。"

"谢谢、谢谢。你看我们两个小孩子总不能做那些真正那个的事吧。"

三下五除二，黎簇把这件事情摆平了，赶紧给苏万打了个眼色。他自己一个人是不可能把这些箱子搬上去的，苏万必须得跟着他，这儿还得另找人。苏万只好打电话把他几个朋友叫了过来，交代了一下，他和黎簇两个人上了车直奔郊区。

在车上黎簇才不停地冒汗，如果这具尸体是新鲜的话，那么事情的发展又是另外一番状况了。这冰化完之后，这尸体还不得臭了啊。

别人的宿命都是各种神器、宝剑，吃下去就能长二十年功力的杨枝甘露，甚至还有美女投怀送抱。而他从中招开始，一路过来，要么是各种奇怪的状况，要么就是奇怪的死人。这到底是什么宿命啊？

第五十五章

●

碎尸

　　他们在西郊的一个地方找了个仓库，把车开了进去。哐当哐当地把东西全部搬了下来。

　　苏万毕竟是好吃懒做的富二代，才搬了一半就累得快叫娘了。但是他看到快递员那不耐烦的眼神，也没有办法，只能咬着牙一边骂骂咧咧的，一边把所有的东西都搬走。给了钱之后，快递员拍拍屁股就走了，跑得比兔子还快。

　　两个人面对着一万平方米的巨大仓库以及堆在仓库中央的二三十箱东西，终于抱在一起号啕大哭起来。没有人知道这个哭代表着什么，是开心，是刺激，还是悲惨？

　　黎簇他们自己也不知道，年纪太小，还无法领略到人世间真正的感情宣泄。他们只觉得自己遇到这样的事情，找不到更好的方法来表达内心的情绪，只好用哭。哭完之后，苏万问他："大哥，怎么办啊？"

话音未落，黎簇就说道："拆呗，我们看看里面到底还有什么东西。我们得拼凑出一个大概状态来，才能知道下一步应该怎么走。"

两个人来到那个最大的箱子面前，看着那破损的口子还在往外流水，显然冰在不停地融化。

苏万问："我们是不是需要买个手套什么的？"

黎簇说："别那么讲究了，我刚才碰了没事。快点看看里面有什么东西吧。"

说完，黎簇拿出自己的钥匙当小刀使，开始不停地割这个箱子。把箱子割开之后，他们发现里面竟然是一个巨大的透明塑料的棺材，但是边上已经破了，手就是从那破损的地方露出来的。

苏万吸了口气，就想把棺材盖打开，黎簇立即把他拽住："先等一等，我们要先做好心理准备。"

苏万问道："为什么？"

黎簇道："你看这只手伸出来的地方以及伸出来的方式，里面的尸体肯定不是完整的，否则手不可能从这个部位伸出来。"

苏万皱起眉头看了看黎簇，对天哀号了几声，又蹲在地上哭了起来。

黎簇没哭，他心说：没关系，这是我的宿命。既然是宿命，我就要去面对。来吧，面对吧，来吧。

黎簇刚想把那具棺材打开，突然门口响起了汽车的声音，接着又有两辆快递车开了进来。之前帮他们的杨好坐在副驾驶位上，对他喊道："嗨，哥们儿，你们今天大丰收，又来两车。"

这两车他们就不用自己搬了。再次付了钱，看着成堆的箱子被搬了下来，黎簇和苏万再也哭不出来，开始露出各种奇怪的笑。

杨好点起一根烟说道："你们到底是什么情况啊？是开始做生意了还是如何？让哥们儿也掺一脚。这什么货啊，让哥们儿看看。"

黎簇笑了笑，说道："别看，全搬走，全部给你。"

杨好说道："别开玩笑了，当心我抽你。"

黎簇说道："绝对不是开玩笑。这样吧，你要，你把它们全部搬走，搬走一个我给你三十块钱。你全部搬走，我给你一千。"

那哥们儿看了看黎簇，看了看苏万，吐了口口水："神经病，你们俩玩什么呢？"

看着地上那堆箱子，杨好蹲着把烟往地上一掐，就踹了一脚那箱子，"哐当"一声，那盖子被踹了一条缝。

"哎哟，还冒着寒气呢，不是活物吧？是海鲜？来来来，爷最喜欢吃东星斑了，给爷来一条。"说着他就把那盖子掀开了。

刹那间，黎簇都有点幸灾乐祸了，就听那家伙一声惨叫，一个跟头翻倒在地，往后连滚带爬地爬了六七米，跟跟跄跄地站起来说道："哇，这什么玩意儿？"

黎簇道："我跟你说了，我们不是做海鲜生意的，这下信了吧？"

杨好看着黎簇道："哇，你俩该不是变态杀人狂吧？"

黎簇摇头，深吸一口气，才敢回头看被那哥们儿踢翻的棺材。一眼之下，他顿时腿也有些软。一开始他也想过各种情况，但如今一看，却发现自己想象的所有场景都是想象力太匮乏的表现，他眼前的东西根本让他无法形容。

对，这是一些干尸的碎片，但是这是什么样的干尸碎片啊？

我们不妨来试想一下，当你面对一个箱子，你明知里面是很多干尸的碎片，当你打开的时候，你发现果然是干尸的碎片，在这种情况下，还有什么情况会让你万分惊讶？

黎簇往箱子里看去的时候，已经想过无数可怕的景象，但是都不至于逃脱出一具破碎的尸体的范畴。可等他真正看到里面情况的时候，他倒吸一口冷气，差点坐倒在地。

他看到了一只断手，在那只断手的下面，是裹着很多冰块的其他肢体，那些肢体竟然全都是断手，也就是说他看到了满满一箱子的手。

黎簇在地上呆坐了四五分钟，脑子一片空白。

苏万把他扶了起来。几个人再次回到箱子边上，蹲下来检查的时候，里面的情况再次被证实。确实，这些被碎冰包裹着的东西全都是手臂。这些手臂有长有短，有粗有细，有男人的也有女人的，但是能确定的是，这些手臂全都是右手。

他们互相看了看，黎簇道："如此看来，这些人难道是做人体器官买卖的？"

苏万道："但是这些手都快腐烂了。在这种情况下，这些东西就算是熬汤喝都不一定能用了，何况是给人做移植。而且手臂移植这种事情，从来都没有听说过。"

黎簇道："这里全都是右手，那么身体的其他部分都在哪儿啊？"

苏万看了看身后的那些箱子："这有点变态啊，如果很多人都被切成一块一块的，那么如果他们想混装，也一定不能装得这么整齐吧，全都是右手归右手，左手归左手。这个肢解尸体和分装尸体的人有强迫症吗？否则的话，他们这么做必然是有什么意义的。"

黎簇头痛欲裂，嗓子也有一种特别奇怪的感觉。他一直不知道这种感觉是什么意思，等他站起来往后退了几步的时候，就开始呕吐起来。

苏万赶紧过来扶住他，但是几乎同时，苏万也呕吐起来。吐了几下，苏万对黎簇说："我们这个时候是不是应该怕得要死啊？为什么我们还如此淡定地呕吐？"

"我也不知道。"黎簇只能冷笑，他对苏万说，"也许我们是美剧或者动画片看多了，这种东西害死人了。"

苏万道："黎簇，这样下去不是办法。我不知道你有没有看过一部电影，我们似乎在被人愚弄。再这么被人愚弄下去，他们指不定还会寄什么东西过来呢。之前是干的，现在是湿的。过些时候会不会寄烂的过来？"

黎簇出了口气，吐掉了嘴里的脏物，道："我听一个人跟我讲过，这些东西寄过来肯定是有理由的，他们也没有办法。我们必须找出这个理由。"

他看了看前面那些纸箱，对苏万说："全部拆掉、全部拆掉。我们要知道这里面到底有什么东西。就算里面全是人头，全是脚，全是屁股，我们也要把它们全都拼起来。"